我的梦想是辞职

[韩] 朴诗恩 —— 著
孟锐涵 —— 译

北京联合出版公司
Beijing United Publishing Co.,Ltd.

图书在版编目（CIP）数据

我的梦想是辞职 /（韩）朴诗恩著；孟锐涵译. ——北京：北京联合出版公司，2022.3
 ISBN 978-7-5596-5814-2

Ⅰ.①我… Ⅱ.①朴… ②孟… Ⅲ.①随笔-作品集-韩国-现代 Ⅳ.① I312.665

中国版本图书馆 CIP 数据核字 (2021) 第 278138 号

내 꿈은 퇴사다 by 박시은
Copyright© 2019 by Bak Si Un
All rights reserved.

First Published in Korea by Classic Books in 2019.
Simplified Chinese Edition Copyright ©2021 by Beijing Adagio Culture Co., Ltd.
Published by arrangement with Classic Books,
through Shinwon Agency Co., Seoul and CA-LINK International LLC.

北京市版权局著作权合同登记　图字：01-2021-7494号

我的梦想是辞职

作　　者：[韩]朴诗恩
译　　者：孟锐涵
出 品 人：赵红仕
选题统筹：邵　军
产品经理：张志元
责任编辑：徐　樟
封面设计：仙　境

北京联合出版公司出版
（北京市西城区德外大街 83 号楼 9 层　100088）
北京联合天畅文化传播公司发行
北京旺都印务有限公司印刷　新华书店经销
字数 180 千字　880 毫米 × 1230 毫米　1/32　8.5 印张
2022 年 3 月第 1 版　2022 年 3 月第 1 次印刷
ISBN 978-7-5596-5814-2
定价：49.80 元

未经许可，不得以任何方式复制或抄袭本书部分或全部内容
版权所有，侵权必究
本书若有质量问题，请与本公司图书销售中心联系调换。
电话：（010）64258472-800

朴诗恩　随笔

冬天结束之前，
公司递给我一纸合同

序言

梦想着辞职

　　冬天结束之前,公司递给我一纸合同。那是二月份的一个阴天,看起来似乎要下雪。灰色的天空是我记忆中那天的颜色,其实我也不太记得那灰色是那天的天空还是我心情的色彩。

　　二楼会议室角落充满了冷气,他们怂恿我签名。这是一份同意不再上调工资的合同,也是一份升职无望的通报。为了防范长期工作的女员工的工资因定岗年薪制而无限上涨,他们以公司生存困难为借口,让力量最弱的员工做替罪羊。他们仿佛为此准备了许久。

I

这明显是一种变相违反劳动法的手段，但我们还是签了名。我为自己没有做任何反抗就全盘接受的胆怯感到无奈和悲伤。但是，在第二天及之后的日子里，我依然做着分配给我的工作。虽然表面上看我在公司里的价值和身份发生了变化，实际上并没有什么改变。我依旧在做自己分内的事情，但这里已经不再是让我奉献自己青春的珍贵岗位，而是地狱，公司已经变成了啃噬我自尊心的怪物。

我没有子女需要我赚钱养育，也不需要赡养父母，但仍然在忍受着这种屈辱。即使我的工资不再上涨，也能基本满足我的生活。不过，由于我所做的工作并没有明确的前景，也并不能获得相应的回报，所以，我不甘心忍受这种屈辱。

我留了下来。我之所以抱着羞耻心和愧疚感坚持下来，不是为了报复，也不是为了证明什么。我只是害怕下个月需要支付信用卡账单上的钱和其他各种费用，以及在35岁以后成为无业游民。

我还没有做好辞职的准备，但是从这天起，我下定决心要辞职。

即便这并不是我马上会去做的事情，但我决定将公司和我完全分离，并为此有条不紊地做着准备。我不再迷恋涨工资和升职。我想根据自己的意志来安排休假，除了工作以外，去寻找一些让自己觉得开心的事情。我想要在公司获得我能获得的一切，然后重新确立自己与公司的关系，同时寻求其他机会。

在想辞职的那一瞬间，我并没有感到自己有多悲惨。比起我以什么样的面貌出现在公司，比起大家看待我的眼光，能够喜欢自己的工作并维持职场生活，对我来说就显得更加重要。

最终能够让我实现自我价值的是我的决心。我在公司外面可以去做自己喜欢的事情越多，这种小小的幸福就越可以让我更加愉快地面对公司的工作。

我现在也还在想着辞职，目前还在筹备之中。我也不知道还需要多长时间。但是，为了能够成功辞职，我现在也在努力享受人生，努力学习热爱自己人生的方法。

为了能成功辞职,现在要努力享受人生。

目录

I 想法的转变让我更自由 / 001

我期待的人生不只有工作 / 002
为了自己 / 006
我和公司的"私下交易" / 008
人生就是一个悖论 / 011
主动做好选择去回应 / 013
相互依存的关系 / 016
不结婚怎么了 / 019
在路上确认自我 / 022
应对情绪的"消化不良" / 025
幸好我有强大的免疫力 / 028
结婚的条件 / 032
努力,不断地努力 / 035
走属于自己的路 / 037

没有什么是完全确定的 / 040
把自己托付给整个世界 / 043

2 做个超然的员工并不难 / 049

我的同事是个奇葩 / 050
向着流水潺潺、花开遍野的地方 / 054
这不是"强制征兵"吗 / 057
不想上班的时候 / 060
我可以起鸡皮疙瘩吗 / 064
幸福员工该有的样子 / 066
他们管我叫"朴勤恳" / 069
团队不能独行 / 073
我的"复仇"行动 / 077
外刚内也刚 / 080
我对提前上班的看法 / 083
公司外面很危险 / 087
格子间的角落也会有阳光 / 091
实在不行就算了 / 093
实现自我 / 095
公司使用说明书 / 098
直冲云霄是种什么感觉 / 101

3 尝试在下班后寻找意义和幸福 / 105

一定要爱好点什么,才叫生活 / 106

带着诗和泳裤离开 / 110

寻找工作之外的幸福感 / 114

最好的朋友还是自己 / 117

把幸福分散在周围的事物上 / 121

要想看起来很厉害,就去读书 / 124

学习英语的简单理由 / 128

挑战自我是一次改头换面的机会 / 130

我有很多撑开大雨伞的方式 / 133

给自己一个理由美美地吃一顿 / 137

岩壁法则 / 141

在学习中发现简单的幸福 / 144

你的选择有可能会伤害别人 / 148

在创作中确认自我的存在 / 151

一个人独处的感觉很好 / 154

从痛苦和失败中学习 / 157

适当的缺乏 / 158

今天我所学到的 / 161

III

疗愈内心的"感冒" / 165
好好活着，耀眼地活着 / 167
静静地等待，默默地治愈 / 169
"活着"其实是个感叹词 / 171
花时间从容地等待 / 174
认可自己，才能淡然展示自我 / 176
一点点把自己填满 / 178
不放弃的理由 / 182
我们在迷路之后才开始寻找自己 / 185
那就索性说说我的40岁 / 188
我们具有无限的可能性 / 191
我的人生也需要匠人精神 / 193
我也想成为火焰般的太阳 / 196
我的梦想 / 199

 琐碎的日常，也可以是奇迹 / 203

家庭和睦之我见 / 204
让你厌烦的平凡就是奇迹 / 207
这算是过度消费吗 / 210
那些我们都在一起的日子 / 212

我们并非毫不相关 / 215
帮助他人也是一种勇气 / 216
一起吃顿饭吧 / 220
我们能抓住的就是现在 / 222
松懈是觊觎你人生的凶手 / 225
寻找留白 / 227
能够被小事感动，又能感动他人 / 229
记忆中被保留下来的美好 / 233
把一身的油腻甩在路上 / 237
人生最闪耀的时刻还没有到来 / 240
我拥有了力量 / 242

结 语 / 245
我的梦想是辞职 / 246

附 录 / 249
辞职日历 / 250

想辞职的那一瞬间
感觉并不悲惨

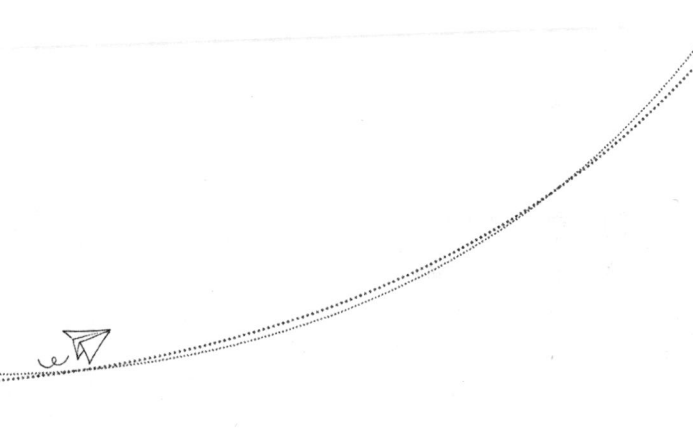

1

想法的转变 让我更自由

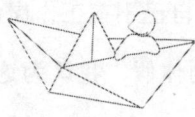

我期待的人生不只有工作

公司并没有把我当成亲人对待,我也没有理由去爱公司,我们之间只是单纯的商务关系。我是一个劳动者,公司只是支付给我工资,我没有必要赋予这段关系更大的意义,投入更多的感情。

在此之前,我并没有把公司和生活进行剥离的想法。之前我认为:如果公司效益好,我自然也会有所成就;如果公司破产,意味着我也会失业。因为想要获得肯定,所以我更加努力地工作。因为担心自己不在工作岗位上会给同事惹麻烦,所以我会尽量控制休假。我认为这是认真、负责的表现，因为我把公司看成了我的另一个世界。

其实，这是我愚蠢的错觉。我并不能给公司带来很大的利益，只不过是随时会被替代的"易耗品"。现在，我也打算到此为止，放弃公司了。我需要一双冷峻的眼睛去观察现实世界。虽然我目前的工作的确是在为公司创造效益，但我的最终目的不还是为了自己能够得到经济利益、实现自我目标吗？从此以后，我会走自己想走的路。

虽然我下定决心要辞职，但不知道自己需要做哪些准备，需要从哪些地方开始准备。而且我也不太知道自己喜欢什么、擅长什么。

首先，我想要每一天都是崭新而幸福的，所以我需要钱，需要公司。我有很多想做的事情、想品尝的美食、想去的地方，还需要一些储蓄来应对老年生活。万幸的是，我的工作还是比想象的要有价值。虽然并没有拯救全人类或者拯救地球那样伟大，但作为一种谋生手段，我时常还是可以感受到其中的乐趣。

在这个世上，有得必有失——这是等价理论。如果想要得到什么，那就需要做出相应的牺牲。

虽然这个社会有时候看似没有绝对公平,但它是相对公平的。如果把人生分成10个部分,为了能够去做自己想做的事情——它们占据了其中的6个部分,就需要忍受剩余占据了4个部分的让人不快的职场生活。

我们的每一天都应该是崭新而幸福的，
不要被工作占据自己的全部人生。

为了自己

从那天之后，我对公司和同事的态度有了180度的转变。我把女员工承受的所有不公，都转化成了心理上对男员工的反抗。因为有一些男员工，仅仅因为达到了工作年限，就可以一直升职。

他们掩饰着自己的得意，对我们露出同情的表情，这伤害了我的自尊心。公司单方面决定我的职位和工资，真是一件让人觉得伤心的事情。

同事们看到我一如既往的工作背影，看到我有些心烦意乱，也过来安慰，还有同事默默地往我家里送了一箱螃蟹，但是没有人站在我们的处境替我们说话。他们什么都没有失去，从他们身上，我也感受不到真切的安慰和感谢。这不是他们的错，我知道他们不会替我抗辩，但背叛感和怨恨却在我心底油然而生，不断增强。

并不是我不能理解他们，每个人都有自己的生活，我们只不过是忙于照顾生活和家庭的打工者。对于受到处分离职的同事，我也只不过是请一顿饭、说几句隔靴搔痒的话安慰他们罢了。我不会和他们一起控诉这种不合理，和他们一起进行抗争，甚至连传达自己这种意志的空话都无法言说。

因此，既不能说现在的状况让人痛心，也不能用自己的尺度去衡量他们给予我的安慰，更不能把这种不幸转嫁给他们。

现在回过头来看，当初大家对于同事的离开保持沉默，对于不公正的事情视而不见，导致自己最终也成了受害者。

没有人会替我抗争。我的生活需要我自己负责，我的人生需要我自己去争取。我周围的一切都是我长久以来做出各种选择的结果。是时候开始行动了，我需要调整方向，重新做明智的选择。

为了自己，我需要逐一解决各种问题，打破各种阻碍。

我和公司的"私下交易"

我需要知道自己是一个什么样的人。我需要知道自己可以通过哪些东西获得灵感并有所领悟,还需要知道通过怎样的方式可以充实自己。我们自以为很了解自己,其实不然。我们需要用肯定的态度去认真思考,在什么样的状态下才更能展现出真实的自我,才更加享受属于自己的快乐。

我们要把自己从枷锁中解放出来,不再纠结于社会对女性的区别对待,不再对此感到不满、不公。想一想,我迄今为止工作认真吗?虽然只是在拿钱办事,但是站在公司的立场来看,我是一个称职的、有能力的员工吗?

虽然我们一直在公司安安稳稳地工作，但是我们又从中获得了怎样的成长，得到和损失了多少利益呢？虽然我并不希望自己成为眼中只有工作的女强人，但如果女性想要获得更高的职位，就要付出比别人多两三倍的努力。虽然我羡慕他们得到的荣誉和年薪，但我并不想为此做任何努力，也不想花费更多时间，我是一个"差不多"主义者。

那么，我到底是个怎样的人呢？

我不喜欢不能把工作和生活分开的状态，我喜欢在业余时间约朋友见面聊天，从中获得乐趣和能量。比起忙碌，我追求从容、安稳，希望工作和生活能够平衡。这么一想，我在目前的公司能够准时下班、周末正常休息、没有夜班，是不是算是拥有一份不错的工作呢？虽然工资微薄，但也无须承担过多的业务和责任。

公司成了怪物，将我逼上了绝路。但站在上司的立场上来看，或许他们认为，对于我这样的员工，提供这种程度的报酬和业务就完全足够了。当然，我丝毫没有表示赞同的心思。

无论如何，现在是时候要求自己做选择了。我能否接受目前的状况，将失去的地位和工资作为武器，勇敢面对，是每天准时下班，还是甩甩衣袖离开公司？

虽然我现在没有立即辞职，选择了留在自己熟悉的工作环境中，但是我也决定不再对此感到悲痛。我会堂堂正正地休假、行使权利，不再看别人的脸色。我会不断地探索和思考留下来的理由，以及在这里能获得什么。就这样，我开始了和公司之间的"私下交易"。

与过去相比，现在我对甲方和客户的态度更加亲切、从容。我不会在工作中马马虎虎，或者偷懒。因为在与公司的关系变得尴尬之前，这是我宝贵的"工作"。

为了能够享受生活，我的收入也变得更加珍贵。

人生就是一个悖论

在我签了那份合同之后,组长很痛快地给我批了年假。对我的唠叨和要求,也明显减少了。不,是几乎没有了。与内心的混乱不同,我的身体变得非常轻松。我再也不用承受周中和周末加班的压力,没有任何人会来招惹我。

第二天,朋友载着我来到了江原道横城。也就是说,为了爱吃牛肉的我,朋友不顾自己腰部不适,开车带我去吃一级韩牛肉。在我们当中,虽然她是经常生病的那个,但四个多小时的车程,她毫不犹豫地与我同行。

汽车在弯弯曲曲的东海岸过道上前行,这是我继休学旅行之后第一次来到束草①。我们在这里吃了海鲜烧烤,还在不知名的山脚下烤了韩牛肉,并且住了一晚。在回家的路上,她把我放在了旌善②,让我滑完雪再回家,然后就独自一人离开了。

在如同隧道般冰冷的岁月里,能够让我恢复得更加健康的终究还是人。

爱、痛苦、快乐,我明白了,分享这所有的喜怒哀乐,就是人生中最重要的事情。虽然把我逼上绝路的是人,但是在这绝路上给予我温暖拥抱的也是人,让我看到希望——而不是绝望——向我伸出手告诉我我不是失败者的也是人。我曾怀着愧疚和狭隘的心理埋怨这个世界,在我内心坍塌的那一瞬间,成为我的支柱的人也是值得感谢的。

人生就是一个悖论。在我悲惨地跌入谷底的瞬间,又从平凡的人们身上得到了深深的慰藉。

我要活下去,偿还这份慰藉。

---

①束草:韩国东海岸港口城市,地处江原道东北部。——译者注

②旌善:韩国江原道南部的一个郡。——译者注

主动做好选择去回应

我在屈辱和痛苦中坚持着。在他们眼中,我是一个不敢吱声,也不会逃跑的胆小鬼,这一点让我备感屈辱。

然而,即便在这些瞬间,我也想赋予自己自由。我不想破坏自己原本的样子,不留恋工资卡上的金额。我会随时根据自己的心情和意志,扩大自由的活动范围。我并不是为了拯救国家或者在蒙冤的情况下被"囚禁"起来的。在这里工作,是我基于自己意志的自由选择,我将自己目前的状况包装成"精神胜利"。

虽然我被"囚禁"在办公室里,受困于业务电话,但是看到窗外的花草和树木随着季节变换被染成不同的颜色，我觉得自己很"自由"。虽然我有时会瞧不起自己，但绝不会忘记自己有尊严。

我需要在目前的状况和压力之下选择好方向，审视自我，看得更多、更长远一些。真正的自由并不会被肉身囚禁，它是精神上的解放，而狭隘、自私、傲慢都被"囚禁"起来了。

无论我处于什么状况，承受多大的压力，我需要做好选择进行应对。这就是真正的复仇。

无论身处多么美好、多么华丽的地方，如果选择会让自己处于痛苦和羞耻之中，让自己为难，那才是身处地狱。

立即逃离也是一种选择。但是，如果我们无法选择逃离，那就做出更加具有能动性的选择——主动赋予自己自由吧。我知道，这并不是一件容易的事情。我们需要以一种修行的心境，为自己做选择，而不是为了其他任何人。

如果我们无法选择逃离,那就做出更加具有能动性的选择——主动赋予自己自由吧。

相互依存的关系

既然决定了留在公司,我认为与其追求独立,不如和公司相互依赖。虽然公司领导不可能知道我的这种心境,但我单方面开始了和公司之间相互依存的行动。这当然和工资相关。开设了我工资账户的银行免除了我的各种手续费,我还可以利用上班族的身份贷到低息贷款。

我要改变自己一直以来对公司的看法。苦痛,既能让人们看清人生的意义,又能改变人们思考世界的方式。虽然不知道公司的未来如何,但我之后将会成为公司里有智慧的员工。这才是一条真正通往成功的道路,也是我们能够应对职场生活的关键。

　　我将根据自己的价值观和原则来做决策并付诸行动。从某种角度来说，生活中的许多问题都来源于内心，所以我们还是要控制好自己的心态。

　　行动培养习惯，习惯成就人生。正是行动和习惯造就了我的今天和明天。主动学习的学生，成绩会更优秀，其内在的动机也更强烈。我们应该建立自己独有的原则，让它慢慢渗透自己的生命。

　　我们要言行一致、谦虚、正义、勤奋，工作的时候也要遵守这些原则。这既是为了公司，也是为了自己。要设定一个哪怕是很小的目标，然后努力迈步实现。如果能够履行一个小小的承诺，学会对自己的人生负责，就会拥有对自己人生负责的能力和勇气。

　　我们所获得的成就会让我们的内心变得更加强大。我曾经一度认为滑雪是一项很难的运动，但是之后的一次经历改变了我的看法。现在，滑雪对我来说并不仅仅是一项兴趣爱好，更是一座需要跨越的高山，既是对我的挑战，又是我获得的成就。

不知道像这样的努力会不会得到金钱上的补偿,从而散发出它的光彩。现在公司团建时,偶尔听到这句话并不令人厌烦。

"期待着退休的那一天。"

不结婚怎么了

即将步入不惑之年的未婚女性，即使在韩国拥有一份普通的工作、处于一般的知识水平和经济水平，她们的生活也会被认为是有缺憾的。

"你以后靠什么谋生呢？"

"上了年纪还不嫁人，是个大麻烦。"

"拜托你，眼光不要那么高了。"

不安的眼神和语言暴力是罪魁祸首。在低出生率的时代，女性大龄未婚会被认为是不忠不孝。从社会发展层面讲，她们会被认为是没有进入亲密阶段、尚未成熟的人。

"肯定是有不能结婚的理由，或者是有问题。"

是啊，我的确存在问题。我知道自己不适应婚姻制度，我是一个牺牲精神不足的个人主义者，我也承认自己对婚姻还有很多方面需要考量。我承认自己的缺点。但无论如何，一个人是不可能完成结婚这件事的，所以就很难按照自己的意志行事。

即便我的确没有足够的能力，没有太努力，也不应该因此受到指责。如果以已婚人士的身份对我进行无礼的训斥，或者把我当作失败者，我拒绝接受。每个人都不完美，而且如果真正追究起来，每个人身上不都有很多缺点吗？

总之，正因为不婚，我就被看作有严重缺陷的人，或者是没有认清现实的人。但我可以堂堂正正地说，在近20年的职业生涯中，我缴纳了自己应当承担的所有税金，很好地履行了国民的义务。这是我的骄傲。

我从未有过违法行为，给社会造成巨大损失，虽然偶尔也会因为超速行驶而被开罚单，但也是在用罚金支援社会。我在购买大乐透彩票时，虽然会幻想自己能够中大奖，但这只是空想而已，而且我对彩票基金的筹集也做出了贡献。即便进入老年后,我会从国家那里得到一定的福利待遇,但大部分都是普适性福利。我每年要缴纳几百万韩元的医疗保险和国民年金,而且因为单身,还要在年末多纳税。

一些人往往不会根据我的成就、态度、性格来评价我,反而会因为我是"老处女"而经常贬低我。在工作进行得不顺利或者内心烦躁的情况下,我因为害怕自己被认为是在歇斯底里,所以会看别人的眼色行事。总之,一旦在我身上发生了一些不好的事情,就会被别人自然而然地归因于没有结婚,在他们看来,我是个失败者。

这又能怎样呢?我会更加爱自己,更加理直气壮地活下去。面对周围这种异样的目光,我只能选择变得更加毅然决然。只有独自一人可以幸福地生活,才能在两个人一起生活的时候获得幸福,不是吗?

我反复思索了拉尔夫·沃尔多·爱默生的名言,重新迈出了走向社会的脚步。

"如果我对自己失去信心,全世界都将成为我的敌人。"

在路上确认自我

我学习的速度比较慢，而且一般不会拼尽全力。虽然我看起来是一个懒散的人，但如果要为自己辩解，我会说我只是在根据自己的节奏慢慢前进。我的竞争对手并不是处于领先地位的他人，而是昨天的自己。我是自己的竞争对手，同时也是自己的领跑人。事实上，只有像这样整理好自己的想法，才能克服不断涌上心头的自卑感。

即便不是队伍里的"领头羊"，即便成绩不好，我也会设立目标，像马拉松选手一样坚持不懈地跑完全程。在跑步的过程中，虽然我的体力达到了极限，每个瞬间都在克服难关，但我最终还是到达了终点。当然，我获得的成绩并不好。

我没有运动天赋，每学会一项运动技巧，就会忘记两项。对于我来说，包括运动在内的所有学习性实践，都不是充满乐趣的过程，而是一种克己训练，是一种压力。但是，我依然没有放弃。我为什么会这样呢？

我很懒惰，但又想达到一定的高度，是一个自相矛盾的人。我不喜欢做艰难的事情，也没有坚持做下去的自信，我有时会豪迈地挑战自我，结果是再次意识到自己能力有限。虽然我并不是拼命努力的人，也不是充满激情的人，但我仍然渴望登上更高的位置。

我每次都以太忙、体力不支为借口，适当地向生活妥协。过着不是100分也不是0分，而是50分的普通生活。反正生活本身就不太完美，我过这样的生活应该也没有坏处。不是说只要放弃就会过得很安逸吗？认清自己的能力和核心需求，就会过得轻松许多。

难道是因为贪心？在生活中，我总是会有一种无法填满的空虚感。做什么都提不起精神，觉得没意思。如果说我身上有一个优点，那就是敢于面对自己。虽然做到这一点并不容易，但我还是会努力认可自己的不足之处。如果开始得比别人晚，那就多花费一些时间去做。因为我不是在和别人而是和昨天的自己竞争。即使是倒数第一，我也要挣扎，也要努力。

当我终于获得成功时，我会陶醉于属于自己的胜利。我没有什么值得骄傲的地方，也没有擅长的领域，我想通过执着和踏实改变自己。我不想让自己一直背负着失望，为了获得希望，我认为自己应当忍耐。

现在的我在各个方面都不是很出色，但是看到那些比我拥有更多才能、走在我前面的人竟然轻言放弃，我就想证明自己没有错。我相信，倒数第一不是落伍者，我只是暂时落后。只要我不停下来，就会持续获得成长。

应对情绪的"消化不良"

我们有时会遭到别人恶语相向。他们当中的一些人是直言不讳，一些人则是假装意味深长地婉言相劝。我们在毫无防备的状态下遭遇如此猛烈的攻击，内心也会变得恍惚起来。如果这些话本身没有错误，那就更令人绝望。

他们中的大多数人都很无礼，看起来言之有物，实际上是含糊其辞地指出我们的问题。时间过得越久，我们越会反复咀嚼这些话，让自己像患上了消化不良一样心口发麻，有时还会反复好几天。

"你还是管好你自己吧！"

我不止一次地想要如此回击，但因为对方所言是正确的，所以，很多时候我并不能进行有力的反击。我表面上是在努力"装酷"，内心却已经掉入地狱。我安慰自己，虽然这些话让我感到窒息，但良药苦口，它们也给我提供了进行自我反省的契机。有些话需要我咀嚼好几天才能咽下，也有一些很快就被我消化掉了。有时候，我甚至还会喝下类似助消化的药之类的东西，强迫自己消化掉这些话，有时还会因此留下像慢性胃炎一样的后遗症。

　　对于性急的我来说，嚼碎食物进行消化并不是一件十分容易的事。为了弄清楚对与错，我的大脑会被源源不断的想法占据。我一直和自己进行对话，询问自己，并整理那些话中的意义和内涵，以客观的姿态去寻找答案。在让这些话合理化的同时，扩大自己可以接受的范围，我的免疫力也因此提高了。虽然我会朝着更好的方向恢复，而且随着时间流逝我也会遗忘，但同时也留下了创伤。我知道我还需要漫长的等待。

　　他们的这些话，从某种程度上来说是正确的，但又不一定完全正确。对此，我的应对方式也必须分情况而定，对前一种情况，我将在自我反省的模式下回顾这些话；对后一种情况，我就干脆选择无视这些话。如果仍然没能泄愤，我就会带着感谢的心情，苦笑着应对。我会想，或许他们就是我的人生导师。

一般情况下，遇到别人的批评，我的脑海中首先会浮现的想法是：

"我真的是个奇怪的人吗？"

"我的做法真的很奇怪吗？"

"我的想法是错误的吗？"

他们所言可能一半儿是对的，一半儿是错的。我们不要因此受伤害，要把它当作垫脚石，鼓起勇气改正自己的错误。每个人的观点多多少少都会有些差异。希望他人至少不要把我当作一个怪人来看待吧。

谁都会犯错误，重要的是犯错之后如何应对。

幸好我有强大的免疫力

有一天，我发现我的脸上长了痘痘，这并不是脂溢性、化脓性感染的，而是从皮肤深处开始溃烂，像疖子一样疼痛。也就是说，我的免疫力下降了。当痘痘变红、鼓起来之后，体积慢慢变大，像活火山一样喷发了出来。过一段时间后，疮口结痂，留下了明显的色素沉淀痕迹，之后才会慢慢消失。

消失也只是暂时的。等我把额头上的这个家伙送走之后，脸颊和下巴上又长出了新的痘痘。它们不是一拥而上，而是陆陆续续地长出来。正因为如此，我的脸现在变得斑斑点点。

如果大龄单身女性不画好精致的妆就去上班，会被认为是一种罪恶。一些男员工会认为她们不讲礼节，会对她们冷嘲热讽。虽然我想反驳——你都不拿镜子照照自己是什么样子吗——但由于领导和顾客在场，我说话会收敛一些，只是小声地反驳："我今天化妆了。"

话虽这么说，可我心里依然不是滋味。因为长了痘痘，我不得不画更浓的妆进行遮盖。这是一种过错。现在的职场女性不仅要注意敷面膜保护皮肤，还要费心去打粉底，这样才能成为一名合乎礼仪规范的员工。"所以，要我怎样？"虽然我们可以获得精神上的胜利，但也不得不为自己是否符合礼仪规范而紧张起来。

按照我的标准来看，曾经年轻可爱、20岁左右的我，现在已经步入了中年。曾经的明媚、青涩及青春的芬芳，早已随着岁月消逝。相应地，要用老练和圆滑来填充自己的美丽。但随着日子一天天过去，我发现我整个人变得愈发迟钝起来。

以前的我，看到别人穿什么、吃什么、去什么地方，都会去尝试。如果自己做不到，就会变得很忧郁。如果自己不能拥有某样东西，会埋怨，认为自己不幸。但现在，我不会再将我的时间和努力浪费在没有太大意义的事情上，在公司里也变得钝化了。

虽然我会怀揣着一份不被理解的使命和责任感努力去工作，但是逐渐变得对同事们淡漠。对于那些不像新员工的新员工，以及表现优于我的男员工，因为相互之间有不愉快，我们之间的关系也变得索然无味。

如果人的免疫力下降，面部和身体上就会长出脓疮和痘痘。为了稳定自己的情绪，我努力和它们成为"欢喜冤家"。如果这些小家伙们扑向我的薄弱地带，我也能不断提升能力去应对。

但是，在一段不作为的关系中，不会发生任何化学反应。没有亲密，没有矛盾，也不会反目成仇。我做梦都不敢想能够和别人一起生活。因为我认为，如果不去关注对方，不去投入过多的精力，那么矛盾和问题也会相应减少。

职场生活是否快乐、幸福，取决于人际关系。在困难的时候得到安慰，就是治愈的源泉，而我常常忽视这些事实。人与人之间终究要相互依存、相互交流，但要想做到这一点又十分不易。

职场女性不仅要注意敷面膜保护皮肤,还要费心去打粉底,这样才能成为一名合乎礼仪规范的员工。

结婚的条件

一天,我和别人谈论结婚的话题时,对方说:"你之所以没有结婚,是因为还没做好牺牲自己的准备。"

我就这样突然变成了牺牲精神不足、自私的人。事实上,当时我并没有否定这一点。我没有信心给丈夫做饭、洗衣服,甚至抚养孩子,我还想继续工作。也就是说,在"结婚"这个词后面,紧跟着同义词"牺牲"。很多人结婚后,由于配偶、婆家或丈人家的存在而患上愤怒调节障碍症和抑郁症。为什么会这样呢?

我的卧室算是比较乱的,书、包都是乱七八糟地放着。化妆品会直接随意摆放在化妆台上，衣服也是摊在地上。虽然我本来就不擅长整理，但因为这是我自己的房间，所以不会因为房间乱就感到不方便，也不会把别人带到我的卧室里来。我有自己的生活原则，不会在我的卧室之外，比如客厅、厨房、浴室等公共空间内堆放杂物。而父母却意外地经常会在客厅和楼梯下堆放杂物。因为他们的孩子——我，就像个寄宿生一样，所以我也没什么可说的。

如果是旅行或集体住宿，情况就不同了。我不仅会整理好自己的东西，沐浴后还会清理掉地板上的头发，对浴室进行清理。只要超过一个人，就属于共同居住，两个人就算是群居生活。这时就不应固守自己的生活方式，而应给予对方照顾。

婚姻也是如此。虽然我们需要有一颗为了家人而牺牲的心，但是我认为尊重家人、和家人分工协作，也是非常重要的。我们要努力做好家务的合理分配，改正会给对方造成负担的习惯，努力弥补我们的不足。

我就是让周围人感到担心的大龄单身女性。虽然目前社会上仍有很多强迫女性结婚甚至抨击未婚女性的事情发生,但我认为许多单身女性比想象中活得要好。"没有结婚的女人有问题,她们是自私的女人"这种形象只是大众媒体带给大家的偏见。希望大家能够以平和的眼光看待这些女性。

努力，不断地努力

无论走到哪里，我都会遇到许多比我优秀的人。在嫉妒心理日益累积并转变为自卑感的时候，我就会面临两个选择。

第一，放弃。

第二，一直坚持，直到达成心愿。

放弃很容易。不仅可以真心为出色的对手鼓掌，还可以对他们说"哇……"，对于他们的付出表示鼓励。因为这件事已经和我不再有任何关系，所以不会带有任何情绪。

第二种选择是坚持到最后，这常常会带来后续的问题。

时刻出现的自我折磨和挫折，就像生气的绿巨人一样，在两种人格之间徘徊。虽然我的确坚持不懈地做了一些事情，但很可能得到的结果与付出的时间和努力并不对等，甚至让人感到羞愧。虽然刚开始的时候干劲十足，但收获甚微。

然而，这个过程本身就是一种补偿。

努力，不断地努力。

认识到自身的限制，并且激励自己。

虽然困倦，却依然拿起书本和疲惫做斗争。

即使只是学到了皮毛，但在这个过程中也获得了进步和成长。

走属于自己的路

我们有各种口头禅：

"如果你的情况发生在我身上……"

"如果我是你……"

"如果我也和你一样……"

我们会将自己的生活和别人进行对比，从而对自己的生活感到沮丧。其实，每个人都是在按照自己特有的方式生活。

有的人不把自己局限于某一处，每天都过着充满未知的生活。相应地，也会有人像树一样在地下扎根，活出自己的色彩。

为此，大家只需要在各自的位置上选择最好的生活方式、最好的道路即可。

我们没有必要追赶更优秀的人，追赶妈妈朋友家的孩子，追赶父母和兄弟。

每个人都是在按照自己特有的方式生活。
只需要在各自的位置上选择最好的生活方式、最好的道路即可。

没有什么是完全确定的

"你要好好学习。"

"学习是为了别人吗?都是为了你自己。"

这些话听得人耳朵都要起茧了。

还不如告诉我,学习知识和技能就是为了能够为人所用。从大局出发,说出自己的远见和理解,或许我还会学得更努力一些呢。

当然,我可能也并不会因这样的原因而做出实际性的努力。

大家都说,学习是需要抓住时机的。即便是起步比较晚，也依然会遇到时机。随着时间的推移，我们可能会改变自己学习的方向，但这个跟改变的过程一样，需要相当长的时间和耐心。我们凭借果敢的决断，选择一起重新出发，有时也会显得十分帅气。

不管做什么，第一次尝试去做的时候都应该获得鼓励和帮助。而且，既然要做，就应该认真做好。这一平凡而又理所应当的真理，我在年近40的时候才真正理解。如果我能早一点知道，会不会拥有比现在更出色的地位，在工作上获得更高的报酬呢？

希望大家不要因为错过了时机，就犹豫要不要开始行动。不要因为头脑变得迟钝、不如之前聪明而灰心丧气。做所有的事情都有其合适的时机，但这个时机并不是完全固定的。有时候晚一点出发也会转祸为福。

我们每个人的长处和才能都不一样。如果不知道该如何发挥自己的才能而不断徘徊，可以被认为是在虚度光阴，然而时间从来都是有限的。即便没有获得令人满意的结果，也不要让自己变得毫无价值。

在孤军奋战的过程中，即便没有获得令人满意的结果，也希望不要让自己沦为毫无价值的人。就像在游戏中积累经验值一样，一点点地积累下来的内功，是绝对不能忽视的力量，它能让我们的战斗力得到提升。

要通过不断学习和积累经验来拓展自己的思维。在这个过程中，你的一些想法会自然而然地得到整理，也有一些想法会自行消失——就这样打造出新的自我。

如同大家一样，我所处的环境也并不安逸。逐渐上了年纪的人，能够存活于世的时间越来越少，生活却没有越来越容易。在这个辛苦又荒谬的过程中，我的确是有所收获的。

我要记牢这一点。

把自己托付给整个世界

几乎没有人认为自己是自由的。我认为谋生是阻碍自己走向自由的宿命。

"你的灵魂可真自由啊！"

这是几天前一位称得上"生活达人"的前辈对我发出的感叹。我是在工作之外与他结识的。当时他讽刺我的想法不合常规、十分随性。在我反复咀嚼这难以让人消化的话的过程中，我突然意识到，自己理想的生活模型就是这样的。

我的想法打破了条条框框，不同于所谓的匠人精神。

在不影响人际关系的前提下,"即兴"是我灵活思维的延伸。

目前我正在根据自己的意志进行改变！虽然只能在公司之外进行，但也已经成功了一半。

让我们更加自觉地走向自由吧。让我像被风吹动一样，将自己托付给世界，让我的思想自由地流动。虽然我的身体在公司，但也要有意识地去思考，拥抱自己无论身在何处都不会被束缚的灵魂，把自由当作人生的目标。

让我们摆脱那些对我们的生活指手画脚的人吧；让我们在社会设定的一般规则和金钱问题上也变得自由吧。刚开始可能做得不够好，但我们要有意识地去做。让我们用自己的眼光去看待周边的一切，不看别人的眼色，堂堂正正地活着。

无拘无束的生活才是最自由的。我们开玩笑似的说，我们想放下所有的羁绊离开这个世界，但讽刺的是，最需要勇气的事情就是把错综复杂的关系全部抛到九霄云外。如果我们做不到，那就让自己适当地妥协以求能够从容应对吧。

让我们在家附近的小树林和海边散步，然后全神贯注地去做一件被大家认为不可思议的事情吧。比起因为无法挣脱而不满、发牢骚，这样做也许更有意义。在公司内部，我努力投入生产——我从事制造业。在公司之外，让我们尝试立足于现实吧。不要让枯燥乏味、为了维持生计的工作变得没有意义。

追求自由，也许是为了获得更好的生活而挣扎。为了生存下来，为了克服困难，我们要有意识地拥抱自由的灵魂。

人生是宝贵的。能够最终战胜困难的人并不是坚强的人，而是想要克服困难的人。

无拘无束的生活才是自由的。为了生存下来,
为了克服困难,要有意识地拥抱自由的灵魂。

想要克服困难的人
最终才是人生赢家

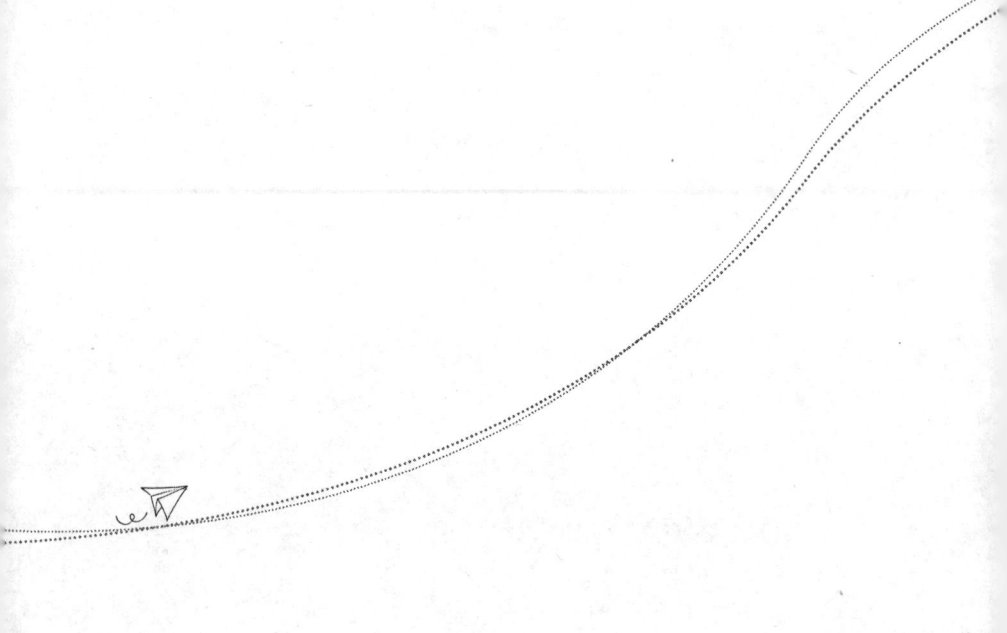

2

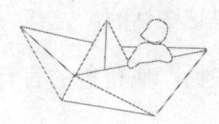

做个超然的员工并不难

我的同事是个奇葩

我们公司最高级别的管理者 J 理事就是一个奇葩。奇葩无论在什么地方都会存在，如果我所在的地方没有奇葩，那么奇葩或许就是我自己。幸好他是公司里大家公认的奇葩，这至少可以让我获得一点儿安慰，因为我不是那个奇葩。

不知道是天生的，还是后天形成的，他本能地知道对方最薄弱的地方，并对此进行攻击。他装作很清醒，却用各种包装成忠告的话对他人恶语相加。

他说："就因为是你，我才说这些话的。"

我们从来没有请求他说这些话，他粗鲁的言行和面目时常让他显现出优越感。

　　他歧视未婚的大龄青年，认为这些人没能履行自己的社会义务，是失败者，是令人羞耻的存在，他还在背后说我不懂如何撒娇。每当这时，我都想诅咒他："希望你儿子一辈子都是光棍儿，独自一人孤独地老去，或者娶一个木讷的媳妇儿。"

　　在我必须咽回去这些已经冒到嗓子眼儿的话时，我甚至考虑过要不要"扎小人儿"。但是他的儿子后来通过了公务员考试，还迎娶了明媚、漂亮的媳妇。这个世上还有正义存在吗？不久前，他还晋升为公司董事，事业蒸蒸日上。

　　我也曾有过怜悯他的时候。因为受到"毒舌妇"似的他的攻击，一名员工开始奔走投诉他。在这种间接的威胁之下，他抛弃了自己原有的蛮横。这时我还觉得他有些可怜。但是，正如"狗改不了吃屎"这句老话一样，人的性格是很难改变的。他只是在自我控制，并非自我反省。

　　曾有一段时间，我努力尝试了解他，究竟是什么原因导致他总是有前后矛盾和毫不犹豫地嘲讽别人的行为呢？他认为自己是什么样的人呢？为什么他总是装出一副聪明的样子，却全然没有感觉到自己很奇葩呢？是不是有不幸的原生家庭呢？后来，同事的一句话让我明白，我想要理解他的所有努力都白费了。

"他就是有病而已。"

是啊，他有病，所以会时常发作。他如同患了绝症、多重人格障碍一样，情绪很不稳定。

当我意识到，之前有下定决心报仇的想法没有任何意义之后，我决定不再对他有什么想法、理解和回应。

我们在生活中会遇到各种无礼、傲慢的人。当遇到这些人的时候，不要花费心力试图去理解他们，也没有必要因为他们的言行而感到自己受到了深深的伤害。

不如告诉自己：他们大概就是精神病而已。

如果无法避免和他们的交流，那么面带微笑说两句话就好：

"啊！是！"

好像这样还有点不够。

"啊……（声音大一些）！"

"是……（尾音拉长一些）！"

遇到无礼、傲慢的人，不要试图去理解他们，
也不用自己偷偷伤心，面带微笑避开他们。

向着流水潺潺、花开遍野的地方

"将目光投向内心，你会发现你心中的疆域辽阔而无限。去探索吧，成为自己心之宇宙的专家。"

——《瓦尔登湖》

我们应该敞开心扉去环顾四周。用眼睛和耳朵观照内心，专注于自己。这才是在社会中生存所需要的。

即使在办公室里锻炼身体的J理事制造了奇怪的噪声，即使部长从早晨开始就用逐渐增大音量来表达自己的愤怒，即使科长被部长训斥，即使代理和商家争执，火药味让人感到不适，也应该放下自己复杂的想法，漫不经心地观望下去。

还有什么可说的呢？

流水潺潺、花开遍野的地方，不仅仅存在于山中的寺庙。

在被电子设备和通信设备包围的办公室，也能听到鸟鸣和风吹树林的声音。

电话铃声不停地响着，被设置成23℃的空调的"东南亚风"从远处吹来。

所谓美好的人生，就是无论身处何地都要热爱现实，都要带着明朗而又愉悦的心情走自己的路。

这就是乐园。

我的鼻尖开始发酸，可能是因为现在的心情吧。

流水潺潺、花开遍野的地方，不仅仅存在于山中的寺庙。

这不是"强制征兵"吗

在一个每周双休的公司里,如果周末加班没有补贴,或者星期六公司组织爬山,这种行为就相当于强制"征兵"。精神和身体在这一天都受困于这项繁重的劳动。

像蜂蜜一样甜蜜的周末,不到 9 点,我们就要在即将要被征服的山脚下聚集在一起。在新绿耀眼、风和日丽、天气凉爽的春天,山势显得无比秀峭。而我只觉得早晨有些寒意。

拿到巧克力、水和黄瓜等简单的应急口粮之后,就会踏上漫无止境的苦行之路。我们相互开着无聊的玩笑,强迫自己完成上午的日程，但不可能到此结束。下一个目的地是相互增进友谊的午餐场所。下山之后，就可以看到野菜拌饭和清炖的菜肴，偶尔也会有对身体有益的烤鸭。到目前为止还没有什么问题，问题存在于接下来的阶段。

在一个山脚下，没有客人的幽静花园里，即将开始一场盛大的宴会。不知道今天这里原本就没有客人，还是只接受了我们的预约。在饭店老板的支持下，花园里即刻备好了唱歌的电器设备和铃鼓。因为女员工人数比较少，所以主持人一直催我唱歌。他已经唱了，理事也唱了，部长也唱了。我预感到自己无法逃避。如果逃避不掉，就去享受它？我目的不纯地询问奖品是什么，他说是10万韩元的超市购物券。

我们组是具有最佳阵容的三人团队。我们一边挥舞铃鼓，一边拍摄无法唱出高音的歌唱者。只有手中的购物券，才能安慰我们当天的辛劳。

公司为什么会执着于这些在当今时代谁也不愿意参加的团建活动呢？除非是参加婚丧活动，如果缺席公司的团建活动，都会被视为是一种罪恶。而之所以组织团建去爬山，是因为部门负责人或其他领导者都喜欢爬山。

　　我特别想大声对周末强行要求我们爬山的人说，既然你们那么喜欢，就自己去爬吧！我的周六是属于我的！即使不是爬山，我也是武装了精神并取得胜利的员工。

　　但是，明年我还会在山顶和 J 理事一起呼吸新鲜空气吧。

不想上班的时候

下班路上,苦思冥想晚饭吃什么。

回到家吃得即将撑破肚皮。

大脑一片空白,肚子却圆滚滚的。

翻滚着圆圆的肚子,呼哧呼哧直喘粗气。

打开电视,过一会儿就睡着了。

第二天上班路上大脑发蒙。

这种辛劳无情地剥夺了我们的时间。

我不想去过多地思考。

它产生的副作用让我变得健忘。

在这些疲惫的日子里,我尝试着拿"这些日子早晚会过去"催眠自己。

借口身体不舒服就早退,谎称自己应该去医院。

小心翼翼地呈上请假条,命令自己休息。

只期待周末的到来。

周六去便利店买一张彩票。

写下如果中了10亿韩元先要做些什么。

登录招聘求职网站。

因为低廉的年薪和年龄限制而受挫。

好吧!开始认清了现实——我这个年龄的人在哪里还能赚到现在的工资?

像疯了一样,通过分期付款给自己购买了礼物。

查询银行卡消费明细。

"去公司上班吧,我还欠了一笔债。"

我细细思量不能离开公司的理由。

如果是因为钱,就打开内含工资明细的邮件。

天下没有免费的午餐。

人总是要付出代价。

既然不打算打破目前的社会关系,就要互相配合。

重新调整心态,开始上班。

在疲惫的日子里，
尝试着拿"这些日子早晚会过去"催眠自己。

我可以起鸡皮疙瘩吗

在隔板的另一边，J理事的头部一直在做垂直运动。身高160厘米左右的他无法把脖子伸过隔板上方。他的头部上上下下，重复了几十遍，同时伴随着奇怪的声音。

原本放在女员工休息室的踏步机，J理事以女员工不经常使用为由占为己有，他用它来强化自己的腿部肌肉。二楼会议室角落里偶尔会传出奇怪的声音，说明他正在进行热身运动。他的运动器械中还有家用杠铃。如果路过他附近去拿材料，绝对不能掉以轻心。因为如果看到了身穿背心的他运动的样子，就要一整天忍受因此造成的不适，还要假装没有看到这一切。

"呼哧，呼哧……"

今天也从隔板的那边传来了刺激人神经的声音。

叮当叮当，上上下下……

当他的脖子和我们无处安放的视线交叉的那一刹那，J理事说了一句话：

"很吵吧？"

"是的，特别吵。"

"是吗？当作音乐来听就好了。"

"呼哧……呼哧……呼哧……"

这段"音乐"持续了二十多分钟。

年过花甲的他，言语中带着特有的冷嘲热讽和疯疯癫癫。这种反常偶尔会带给人欢乐，但不知道他会在什么时候突然话锋一转，开始猛烈地攻击对方，因此不能掉以轻心。

他这令人联想到生锈的踏步机和打地鼠游戏的脑袋，在这个美丽的春天，让办公室沾染上一种肃杀的气氛。而且最近他因为嫌麻烦又想要抄近路，会嗖的一下越过门窗，从自己的位置到达停车场。

只有隔板遮挡着他全部的行踪，但是我们都知道他在干什么。

幸福员工该有的样子

我要成为一名幸福的员工。

我要成为一名帅气的大龄未婚女。

我要成为大人物。

目标设定得有些异想天开,现在要做的就是具体执行了。

虽然我没有在头上扎一根带子,悲壮地喊"好,我决定了!",但我也要有意识地追求幸福,在每个瞬间都保持觉醒和警惕。据说,只要设定一个目标,就会产生某种效果。即使是毫无意义的目标,也会通过你对目标的反馈,逐渐显现出它的效果。虽然我已经确立了追求幸福的目标，但是为了实现这些目标，还需要在日常生活中逐渐对目标进行反馈。

即便是在琐碎的事情上，也要代入"幸福"这个词语。读让人幸福的书、做让人幸福的运动、爬让人幸福的山、幸福地减肥、幸福地吃饭、和幸福的人交往、做让自己觉得幸福的工作（虽然需要长时间的修炼）。即使觉得有些勉强，也要随时随地带着目标感。

"我要无视奇葩的J理事的言论，因为我决定要幸福！"

即使有时工作不顺利，也要下定决心追求幸福。

"我要成为幸福的员工，所以我会很酷地一笑而过。"

既然想要成为幸福的人、想要成为大人物，就应该时刻铭记与其相配的个人形象。如果能够有意识地持续去做，会不会就能到达终点呢？虽然不知道要走多少路，但只要方向没有错，那就一直走下去。

做一个幸福的员工。
即使觉得有些勉强,也要随时随地带着目标感。

他们管我叫"朴勤恳"

不久前跳槽的一位朋友向我抱怨:每天都如同上了战场,在炎热天气刚刚到来的时候办公室连空调都不开,上班的时间从来没有安静的时候。在新学期开始的时候,她跳槽到了学校工作,说自己每天都疲于应付那群无法无天的中学生。

这位朋友不会在同一家公司待5年以上,她是具有挑战精神而又变幻无常的勇士。与犹豫要不要离开公司的我不同,她是一个会毫不犹豫选择未曾走过的路的潇洒女性。她生而勇敢,令人敬佩。与把安定、安全奉为准则的我相反,她总是很自由。

她曾经一边诉说着自己的辛苦,一边对我表示羡慕:"你的工作很舒服,真好。"因为我有了长时间的数据积累,所以可以立即应对一般的失误和突发情况。我反复进行了试错,最终完成了自己工作手册的制作。无论事情是否繁杂,我一般不慌张,也不会失误。唯独让我感到讨厌的是,偶尔会"嗖"的一下闯进来的J理事和让人觉得残酷的工资待遇。

我平静地对她说:"你也在同一个岗位待上15年以上试试吧。"

她面容惨淡地说:"我不可能待这么久,我坚持不下来。"说着她开始挠头发,并表示,"对不起,我好像不仅没有安慰到你,还让你变得更混乱了。"

她离开座位时,向我投来充满尊敬的目光,并称赞我:"你真是一个勤勤恳恳的人啊,朴勤恳!"

然而奇怪的是,听到朋友的称赞,我竟然觉得有点苦涩。

我真的是个勤恳的人吗?

我确实不是一个不勤恳的人。我对自己所要做的事情抱有责任心，从来没有因为一时的冲动或厌烦而逃避，但也不能因此而认为自己是一个有耐性、勤恳的人。因为我无法摆脱对公司以外的世界的焦虑，无法离开每月定期汇入的工资——只能说自己是在勤勤恳恳地原地踏步。我害怕盲目走出温室，害怕遇到冰雹或台风，害怕自己的人生会以失败告终。我总是忙于将一些不好的后果代入自己的未来。

虽然这才是我的实际情况，但是如果一些人把我看作是勤恳的代言人，那么我也会激励自己：你做得很好。给一直努力生活的自己竖起大拇指不可以吗？

我尝试着对挣扎着活下来的自己称赞一句："朴勤恳啊，这段时间你辛苦了。现在再鼓起一些勇气，马上辞职吧。"

我们无法摆脱对公司以外的世界的焦虑,无法离开每月定期汇入的工资,只能勤勤恳恳地工作。

团队不能独行

聚餐的时候,我会借着酒劲儿透露一些心里话。虽然和同事一起工作的时间比和家人待在一起的时间还要长,但我们大概并不了解对方内心的真实想法。就像是同住在一个屋檐下,但不经常来往,非常难得聚在一起围坐在饭桌旁,分享一些还没有和同事诉说的想法。

人可能有相似的想法和眼光。虽然大家都能有所察觉,却难以把这些像"小道消息"一样的话摆到台面上讲。我们可以在肉还没有完全烤熟的时候喝上一两杯烧酒,讲话的声音也越来越激昂。我们可能会开在公司里无法开的玩笑，让氛围很好。虽然有时话里有话，但总体上大家都显得很轻松。

今天也毫无例外地传出了新员工的故事。有一位原来在韩国大企业工作过的员工进入我们公司。我们公司属于韩国的一家中型企业。这是5个月前发生的事情。他不喝酒，不喝咖啡，不抽烟，是一位健壮的青年，好像还是一名和蔼的丈夫。但他身上似乎有一扇屏障，所以有让人感到不适和微妙的异样感。

他从不主动打招呼，当别人向他问候时，他的回答也像是没有灵魂的回声。他的身躯有些干瘦，精气神儿似乎总与他无关。每当他遇到同事需要打招呼的时候，远远地就能看到他的视线飘向空中。即使是在工作中，他也不和别人沟通，一个人做完自己分内的工作，然后从公司消失。

当我在想自己是不是过于多管闲事的时候，通过聚餐我确认了并不是只有我一个人有这样的想法。但这有可能是处于对那个人片面的观察而做出的错误判断，而且出现这些情况也可能是个误会。也许他可能还从我的身上察觉到了疏离感呢。

如果是误会，假以时日，总有一天自然会解开，因为日久见人心嘛。结论就是，我们彼此既没有任何共同经历，也不太了解。但是他好像已经被公司的男性前辈贴上了标签。

当今社会，分工越来越明确，似乎大家只要在各自负责的领域做好工作就可以了，但是，相互间的合作是必需的。如果只顾自己的利益而不顾他人，那么他很快就会被大家疏远。

家庭、社会和组织都是如此。大家一起吵吵闹闹，多多少少都会相互契合、相互协调着一起走下去。如果其中有一个人停留在原地，总有一天会被团队排斥出去。信赖关系就是像这样达到均衡，共同运转的。

世上没有任何东西能独自发光。虽然看起来好像是自己一个人表现出色，享受因此获得的一切，事实并非如此。

工作中，相互间的合作是必需的，没有任何东西能独自发光。

我的"复仇"行动

公司总部有一名三十多岁的女员工递交了辞呈。

真羡慕她。

"真的很了不起啊。你还没结婚吧?在这个年龄放弃工作,真的是勇气十足……非常了不起……"(冷嘲热讽的语气)

"最近的人都没有结婚的想法呢。这样下去很快就会到40岁、50岁。但是现在想要结婚也很困难吧?"

"虽然我不会裁掉你们,但你们是不是也应该考取一份专业资格证?不过考试应该很难通过吧?"

这些对话内容都来源于现实，我倒宁愿相信这些只是小说里的情节。我认为当面说出这些话的人可能不是地球人。虽然我不期待能够与J理事正常对话，但随着时间的推移，他的"功力"越来越强大。虽然我认为对他复仇才能体现正义，并为是否要用放了泻药的咖啡款待他而苦恼，但做这些事情也让人觉得厌烦。

虽然我目前在公司很安全，但依然需要自己准备武器、精力、自救宝典来应对J理事。我经过深思熟虑，最终决定考取多个资格证书，然后堂堂正正地问他：你到底有什么专业资格证啊？噢，"老资格"证书！我承认你的确有。

喜欢喝咖啡的我挑战了咖啡师资格证。教我的老师既年轻人又很好。然后我又挑战了在自己毕业之后一直拖延到现在才考的一级社会福利工作者证书。半个月以来，我下班以后就住在了图书馆。我通过吃东西来缓解自己的压力，结果胖了很多，但我最终拿到了资格证书。

我还挑战了青少年咨询师资格证，整整学习了一个多月时间。然后我又做到了！我的分数勉强过关，获得了国家资格证书。我准备和朋友一起考取环境技师资格证，还学会了如何做溶解氧测定。后来我觉得我们国家的历史非常宝贵，所以考取了韩国史一级证书。

事实上，虽然这些资格证书本身并不值得一提，但是我可以自豪地说我比J理事拥有的证书数量要多。如果我把它们看作财产，那它们就是财产；如果我把这件事当作复仇，那这就是复仇。它们也成了我莫名的自信的来源。

能否凭借这些资格证书获得更好的工作或者赚很多的钱，还是未知数。特别是在重视经验的社会福利领域，证书能否发挥它的价值也并不确定。尽管如此，这次的挑战也为满足我的自尊心和成就感做了贡献，即使没有获得金钱上的回报，我也不会后悔。

因为我已经得到了比金钱价值更高的回报。

外刚内也刚

这是几年前的事情。在聚餐场所,喝一杯酒就能让大家打开话匣子,而且还会听到醉酒的人开玩笑。

"我们是不是也应该有机会看看二十多岁的年轻女员工了?"

"哈哈哈——"(全体人员)

每个人都嘻嘻哈哈地笑着,好像这句话很幽默。我无法独自笑出来。我是多么地可笑,多么没有存在感,才会有人在我面前这样耍贫嘴呢?我终于哭了,这一次我彻底输了。

看到我情绪不好，他们表现得很慌张。我也不知道自己为什么会这么伤心。大家好像都对我不满意，都希望我辞职。好像是在借用善良、美丽的女员工，公然讽刺和否定我。

"要强大起来！必须强大起来。"

坐在前排的前辈领导低声说了这么一句话。这仿佛是我出生后听到的第一句鼓励的话，声音振聋发聩。我把腰板挺直，心想：我要变得强大，我要做一个强者。

无论别人怎么说，我都要做生活的强者。我不应该被别人的话和行为牵着鼻子走，而是应该对这些情况做出恰当的反应，并且得有结果。我在内心呐喊，我不应该假装强大，应该让自己变得坚韧而不是强势，这句话会成就我的整个人生。

第二天，说这句话的员工向我道歉，表示自己是在开玩笑。虽然我很想打他一拳，但还是对他说"没关系"。我以牙还牙，含蓄地传达了自己的不快，说："我也希望二十多岁的年轻男员工能够进入公司。"如果换成是现在的我，肯定会严肃地吓唬他，会以被性骚扰为由举报他。然后再说饶过他这一次，露出自己标志性的冷笑。

同时还要学会利用内心深处的坚韧和自信游刃有余地处理问题。但是，人并不是一朝一夕就能变得强大，也不是哪一天突然就感到浑身充满力量。我的人生终究不应该被任何人的话束缚。

不能对一件很小的事情感到无能为力。即使感到绝望，也要不断地尝试，直到成功。要达到自己的极限，也要爬上险峻的山。即便是拼命学习但依然落后，我也会继续学习。这一切都让我更谦逊。

我对提前上班的看法

有一次，在我来公司之后正忙着做准备工作的时候，组长向我扔下一句话就走了。他带着一脸的不满意，催促我提前5分钟上班，传达出一种"已经是在照顾你了"的信息。如果是正式提出这个要求，也许我还有机会反驳，但他这么一闪而过，让我错过了最佳时机。而且他提出的仅仅是提前5分钟上班这种微不足道的要求。如果我追着他表示抗议，又显得我过于计较。这种情况让我感到非常愤怒。

我们公司是从8∶30正式开始处理业务。早上一般没有晨会,因此可以提前15分钟到达公司,并且立即开始工作。我最迟也会在8:20的时候开始处理业务。

我又有什么不对呢?他们通常是在8:00之前,甚至7:30开始上班,更有甚者因为在家没事可做,周末也会来上班。其中,J理事是典型代表。在这类理事或部长的眼中,我可能是严重玩忽职守的员工。

他们早上总是很早就起床,我也不想责怪早早上班的他们。但至少他们不应该拿自己的标准去强求别人,把这种并非是常态的工作模式强加于他人。虽然午餐时间是明确了的无薪休息时间,但也有可能会在这时接到重要的电话。因此,会有人暗中怂恿,希望你能坚守住自己的岗位。在我进入公司之前,就已经有前辈姐姐们向我传达了这种工作习惯。

我会观察周围的情况,不太遵循这种惯例。我等待着来自公司的指责,并做好了万全的准备,打算向他们传达法律规定中"无偿"的概念。不知道是幸运还是不幸,至今还没有人找我谈过。我甚至想告诉他们。

去看看劳动合同!

上面明确说明了是8：30开始上班！

虽然每个人都有想法上的差异，但工作时间的确是从8：30开始，而我是提前15分钟开始工作。当然，为配合办公室的习惯，上班时间也可以再提前一些。但是在本来就没有对自己的工作造成影响的情况下，再提前5分钟——8：10上班，到底会给双方带来怎样的利益，目前我还不得而知。

严重提前了上班时间，为什么大家不会对此感到奇怪呢？虽然提前5分钟并不算什么，但是因为没有提前上班，就被看作是工作态度不好，让人觉得非常不快。

"讨厌寺庙，只能是和尚离开"，公司就如同寺庙一样。讨厌寺庙也无法离开的我，明天会提前5分钟上班吧！虽然心情复杂，除了下定决心去实施自己的复仇计划，也别无他法。这是我在感到委屈时，经常使用的疗法。这个方法最大的缺点是对方可能不知道我在复仇。在今后的一周时间里，我绝对不会先和组长搭话，也不会和他说笑了。

我要保持面无表情，始终如一。

组长可能也会对我的表情不太满意，但我知道，如果我提前5分钟上班，组长自然也无话可说。

　　这是一次无言的示威。我的复仇计划将要在这个星期持续展开，希望能够被他看出来。

公司外面很危险

虽然气温逼近 30 摄氏度的酷暑天气已经来临，但想要打开办公室的空调，还为时过早。我特别怕热，只想休息一下。通常情况下，如果事情不是非常紧急，必须在四五天前口头报告休假意向，并且在休假前一天以书面形式获得最终批准才能休假。即便只是走形式，也要获得组长、部长及 J 理事的批准。

虽然我们公司是这样的流程，但不知道是不是因为忍受了酷热之后意气用事，我说："哎呀，不管了，还是突如其来的假期才够味！"

我在年度申请表上写明了请假是去医院看病。组长吓了一跳，不停地问：最近生病的人很多，你是哪里不舒服？我小心翼翼地谎称是去看牙科。

第二天早上我睡了个懒觉，心情舒畅地迎接新的一天。我起床之后做的第一件事是吃欧式早餐。把鸡蛋煎至五分熟，做得漂漂亮亮的，配上番茄和苹果，放上足量的蛋黄酱，做成热量爆炸的沙拉。我用不知道什么时候买回来的卢旺达阿拉比卡咖啡豆磨了一杯咖啡，喝下这杯咖啡后，一个人开心地咧开了嘴。

等到父母都外出之后，我会穿着宽松的运动服和T恤，以十分悠闲的心情，无精打采地收看早间的一部电视剧。虽然是第一次看这部电视剧，但不到5分钟我就猜到了后面的剧情。

与沙发暂时合为一体后，我慢悠悠地换上衣服，走向附近的咖啡馆。在巷子里走着的时候，我不慎把随身物品掉了。我身后两位陌生却非常善良的女人，微笑着帮我捡了起来。这个世界依然很美丽啊！我对她们表示了感谢，转身离去的刹那间，她们递给了我一份装订成小册子的报纸。

虽然才5月份，阳光已经非常炙热，我站在太阳底下听她们讲自己的信仰。虽然她们想要引导我和她们一起进入新的王国，但我谎称自己着急去看牙，慌慌张张赶到了咖啡馆。

对我来说，在工作日，外面的世界是我人生中几乎不存在的领域。这些日子我总是待在公司。自从我工作以来，如果没有特殊的事情，或者要出门旅行，就很少休息。因此，除了周末和节假日之外，我对公司以外的世界没有任何概念。工作日的时候，忙碌的人们和路边的风景显得与休息日截然不同。我理所当然地以为工作日的时候，外面会很冷清，我可以享受忙里偷闲的乐趣，但这个心愿却在我离家15分钟之后破灭了。

我平常下班之后，经常能听到社区咖啡馆的老板由于担心没有顾客馆子会倒闭的议论。但和这种顾虑相反，这个咖啡馆有很多人，他们的高音从两侧攻击着我的耳膜，我放下书，开始倾听他们的对话。无意中得知了别人琐碎的家事和烦恼之后，产生了精神上的共鸣。我走出了咖啡馆，比预想的时间要早一些。

尽管通往停车场的路在主干道边上，但它还是很窄。

迎面走来的人要侧一下身体才能让对面的人勉强过去。

"哎呀！你好吗？"

一名看起来比较和蔼的中年大叔突然高兴地和我打了个招呼。听到"哎呀！"这句话，我就条件反射般地想到应该是自己认识的人，所以也开心地答道："啊，你好……"

可是，我是第一次见到这个人，觉得很陌生。这时从对面过来一个很健壮的男人，看起来和大叔是一起的，他挡住了我的去路。果不其然，他说对我印象很好，所以邀请我一起修道。学生时期我会在街上遇到很多这样的人，自从自己开车以后，他们的面貌对我而言就变得模糊起来。也许我们都一起长大了的缘故，当时大部分是青年人在从事这种工作，但最近看到的都是中年人。我从他们中间穿过，迅速向停车场跑了过去。我对工作日外面世界的祥和的期待已被粉碎，甚至觉得公司外面是非常危险的地方。

第二天早上，我7点起床，吃过妈妈做的家常饭后，悠闲地去上班。坐在办公室，看着电脑显示屏，我不知道有多舒适。回到工作岗位才能感受到安宁，这让我觉得非常讽刺。

极度矛盾的我又该如何解释人类的这种特性呢？

格子间的角落也会有阳光

我的工位在办公室最左边。

旁边是灰色的墙角,有阵阵的凉气袭来。

因为我的工位前面是出口,所以会有冷风吹进来。后面的网络终端盒,安静地发射着信号。

这里是天然的要塞。

虽然位于角落,但原本就处在对角线位置,视野就更加开阔了。我可以在尽头的隔板下看到部长的头。

我在这里工作很长时间了。不,是坚持了很长时间。

我在二十多岁的时候进入这家公司,没能取得什么成果，如今已经到了中年。

工资倒是按月准时领取。

公司对我没有太大的要求，但同时也没有太多的补偿。

我能埋怨谁呢？一切都是我自己的选择和决定。在这个我不喜欢也不讨厌的地方，虽然我没有明目张胆地和它作对，但也不愿意接纳它。

我只是以个人主义者的身份和它协作并对它进行观察。

很多人来了，很多人又离开了。

有人被锐利的刀刺伤，负伤离去。而我留了下来。

虽然我出于自尊心，会假装高昂着头，却坐立不安，以一种半坐不坐的姿态犹豫着是去还是留。

无欲无求地度过今天，每天上班、下班，等待发工资。

和旁边的墙一起发出冷笑，和我的座位一样，散发着冷气，带着灰暗的面庞安静地完成工作。

这里没有灿烂的春光，只有灰冷的冬天，孤零零地守着。

但是，春天即将来临。

总有一天，我会把迎春花的颜色，涂在这灰色的墙壁上。

实在不行就算了

没有什么是不可以的,只是不去做而已。冷静地思考一下吧,不要太拧巴了。

先尝试一下,体验一下,实在不行就算了!

但我每次都会掉进"实在不行就算了"这个陷阱里。我抱着这种心态去尝试,无所畏惧地接受考验,结果发现自己真的不行。有时,不,几乎每次,我都会后悔。这与所谓的capacity(能力)有着直接的关系,我是在自食其果。

虽然我们尝试着尽自己最大的努力,但是提升却相当缓慢,压力也不断增加。明知道路不适合自己,却又不能半途而废,直到达到理想水平为止,即便这会消耗自己过多的肾上腺素、体力和时间。如果还有人和自己同行,那就更想要坚持下来。其实没必要每次都要证明自己。人一旦受到刺激,就会产生傲气,然而不久后就会变得沮丧。即便是成为第一,又能怎样呢?本来准备适可而止,但是因为无法接受失败和无助,又开始烦恼了。

令人感到讽刺的是,在每次瞬间做出"实在不行就算了"的决定时,能够让自己的挑战变得可行的支撑,就是自己的公司。当然,也有人以发掘兴趣的名义开始新的尝试。无论如何,自己都是有归宿的。面对债务,能够帮助你担负的最后依托就是公司。也就是说,你能够得到让自己又爱又恨的"监护人"的金钱支援,不是吗?

虽然"监护人"并不支持我们,并不是特别珍爱我们,但是它能够提供给我们经济安全的基础,让我们对所有事情都可以说"实在不行就算了"。

我和公司之间的关系真是一种讽刺。

实现自我

我曾经在书中读到过这样一句话:"工作就是人生。"

读到这句话之后,我彷徨了一段时间。因为工作对我来说既不是实现自我的途径,也不是人生。工作总是充满了不合理,而且也不是我想要的,在日复一日的工作中,我已经失去了活力。我之所以工作,只是为了做到经济上独立,为了能够承担作为社会成员的本分。

"做让你心动的事情!"

"做你自己想做的事情!"

"人生很短暂。"

虽然到处都能听到这些声音，但是在无法做到这些的情况下，这些声音对我们来说只能是一种折磨。对我来说，"工作"已经成为象征着忍受给自己带上脚镣的痛苦去赚钱的一种活动。那么，我对职场有多不满意呢？比起大企业，这里的工资和福利相对较低，雇用结构不稳定，由于是女员工，还会遭遇差别待遇等，我对这些都感到不满。如果要处理的事情太多，或者遭到了上司的批评，我不仅有压力，还会对与实现自我相差甚远的整个职场生活产生怀疑。

作为社会成员，我在生活中领悟到了一点：韩国是资本主义国家。也就是说，所有的社会活动都避免不了将追求利益作为最终目的。

我偶尔会想，如果我自己创业，会雇用什么样的员工呢？如果是像我这样的员工，我可能会有些犹豫。我也绝对不会选自己身边的同事。有些员工，虽然和他们一起工作觉得很好，但如果站在雇主的立场看，判断标准就会变得非常明确。我们之前的关系，终究只是公司这个雇主和想要出卖劳动力的员工两者因利益相关而成立的。我既是卖给雇主、被雇主选中的劳动者，也是随时可以和雇主告别的契约上的存在。

　　劳动者，这就是我的真实身份。

　　我是会煞费苦心关注和支持代表劳动者利益的政党的劳动者。在工业革命之后，社会开始强调勤勉、踏实和正直。如果我是社长，我绝对会欢迎勤勉、踏实和正直的员工。

　　如果职场可以成为实现梦想和理想的地方，那自然再好不过，但这只适用于极少数人，而且赋予它劳动价值也几乎是不可能的。当然，也有一些人能够实现自我，在自己期望的领域，向着梦想前进。

　　但是，大多数人的工作都像我的一样，只是谋生的手段。我和公司签订劳动合同后，为了双方的利益，为了稳定的生活和未来，要维持这种相互平衡的关系。

　　于我而言，工作或许不一定是实现自我的途径或人生的华丽舞台，但它确实是实现这些的跳板。

公司使用说明书

我的笔记本电脑比较轻，用起来很便捷，但有时因为屏幕太小，让人觉得很郁闷。办公室的台式电脑非常便于书写和检索文件，有宽大的屏幕、可以与网吧的电脑相媲美的性能以及可以毫无限制使用的无线网络。

到公司食堂吃饭也是免费的。虽然伙食费已经包含在了工资里，但饭菜确实是免费提供给员工的，这是公司最大的福利。至于味道，我不想多说。公司准备了咖啡、绿茶等多种饮品，大家随时都可以享受悠闲的喝茶时间。公司正在为员工提供福利而竭尽全力。

如果离开了公司，使用传真机和打印机也会出乎意料地困难。到文具店或网吧，打印或发传真每次都要付钱，而且打印彩色文件会更贵。在公司里，复印、扫描、做塑封等都是免费的，当然要注意偷偷使用。

在公司里可以申请领取圆珠笔等办公用品，还可以获得大容量的USB，公用或者私用都行，这在某种程度上也可以说是一种隐形的福利。作为办公用品的管理者，除了日常物品外，如果平时遇到自己想要使用的物品或新品，我就会怀着私心去订货。

不管怎么说，公司提供给我们最好的服务是冷、暖气联动系统。这让我们不用去羡慕盛夏里最好的避暑胜地。在最热的时候，甚至让人犹豫要不要下班。公司还会在不同季节发放衣服，虽然古典蓝的工作服让人的外貌减分，但是可以消除对上班着装的苦恼。

在公司，偶尔聚餐时还能吃韩牛肉和韩猪肉，在过生日或节日的时候，公司还会准备袜子和礼物套装。十多年来，节日礼物始终如一，让人怀疑公司内部存在与其他企业相互勾结的不正之风。公司提供的火腿罐头让人吃到发腻，但它们作为食物救济站行善时发放的食物，也是够格的。

公司到处都有供手机和各种电器充电的电源插座，可以随心所欲地自由充电。不管这些福利是好还是坏，我们都在一定程度上获得了公司的帮助。

最重要的是，能利用零碎时间写本书，将成为我在公司生活中最大的激励因素。我正在努力把公司的业务做成自己的副业。

直冲云霄是种什么感觉

有一次,由于天气恶劣,我乘坐的飞机在风雨中起飞,机身摇摇晃晃,就像坐过山车一样。虽然我曾乘坐过很多次飞机,但那天的天气实在是糟糕。黑色薄纱一样的乌云,像丝线一样抽出,不断地上升。

"太酷了……"随着机体的晃动,乘客中有人发出了感叹。

虽然起飞成功了,可是飞机仍旧摇晃了几分钟。我坐在23号座位靠近窗口的位置,可以从正面看到机翼,慢慢地,我的眼睛和身体完全接受了这种晃动。

穿过风雨之后，飞机抵达稳定的气流层，此时窗外的世界简直就像是梦幻般的美丽景色。从地面往上看，会发现暴雨毫不留情地从乌云中倾泻而下，而在天空中看却截然不同，太阳耀眼的橙色光芒照耀着云彩，温暖地包裹着它。即便是在几分钟之前，我也无法相信能看到如此湛蓝的天空。视野范围内都是一团团的白云，缥缈通透，简直要刺伤人的眼睛。这是在陆地上绝对看不到的新天地。在整个旅行的过程中，虽然我嫌麻烦，一次都没有拿出相机拍照，却不断用眼睛按下快门。与起飞时的不安和担心不同，我整个人变得恍惚起来。

天气对日常生活的影响非常大。阴沉、气压低的天气，人会没由来地闷闷不乐。而在温度适宜的晴天，心情又会平白无故地好起来。我们的生活也是如此，很容易因为某人的一句话而悲喜交加，也很容易感情用事。

人生也像天气一样，时而阴沉，时而明朗，时而下起了暴风雨。不管下雨还是降雪，我们都不应该被动摇。而要想做到这一点，具有突破云层往上爬的力量就显得非常重要。《坐垫》的作者赵信英将这种从乌云中挣脱、向上爬的力量称为"电梯的力量"。

乌云之上的新世界，几乎不受天气影响。即使下方是电闪雷鸣，我们也可以爬到更高处，停留在阳光灿烂的地方。

即便乌云和暴风雨席卷而来，也不要为此动摇心志。只要我们稍微往上爬一爬，就会发现一颗无比耀眼的太阳。

在公司业务成为副业的
那一天之前持续努力

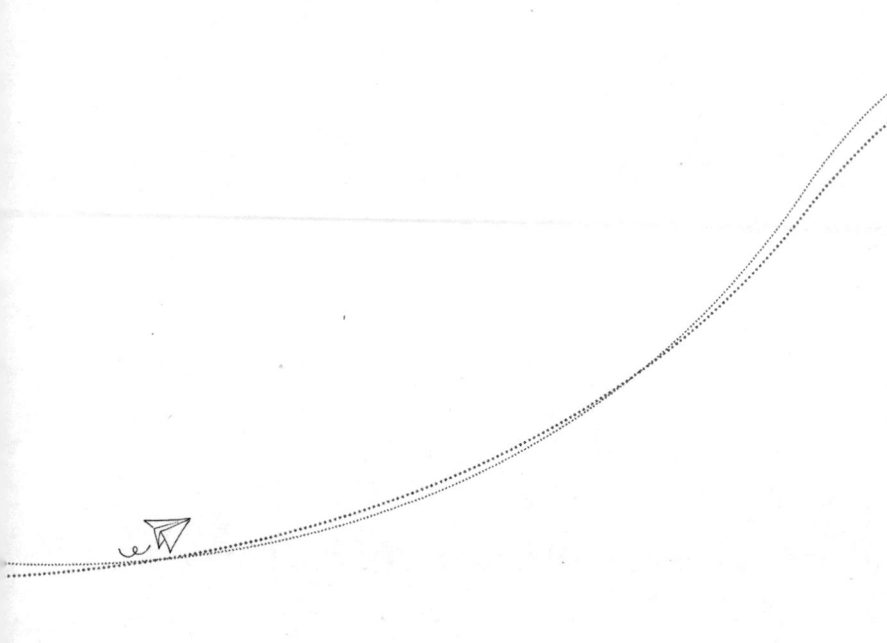

3

尝试在下班后
寻找意义和幸福

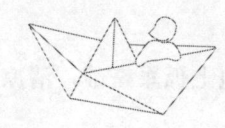

一定要爱好点什么，才叫生活

　　我吃油炸食品的时候就会感到幸福，炸紫菜卷和炸虾是我的最爱。

　　我喜欢吃放了大蒜和辣椒的炸鸡，想想就觉得心动。

　　我喜欢吃泡菜饼，妈妈做的泡菜饼简直是有梦幻般的味道。

　　炸酱面配糖醋肉足以安放我的灵魂。

　　我和爸爸的口味相似，但妈妈做的饭菜总是很清淡，口味偏甜。

　　我喜欢雪景，即便是在雪地上孤军奋战，清凉的空气也令我心情舒畅。

我喜欢被雪覆盖的自然景色,喜欢大自然最原始的样子。济州岛可以展现出我喜欢的一切。

顿乃克溪谷③非常具有异国风情,甚至让人怀疑这里不是韩国。这里珍藏着大自然的雄伟和熔岩凝成的远古时代的美。我爱这里。

我还爱我的汽车,虽然它是一辆有着10年车龄的老古董,但几乎没有出过一次事故,真的是个值得感谢的朋友。只是在停着被剐蹭,肇事者逃跑之后,我看着车的背影会很心痛。

比起普通樱花,我更喜欢复瓣樱花。比起普通樱花柔和的粉色,复瓣樱花的灿烂更让我心情愉悦。家门口的巷子里,一到春天就会落英缤纷,显得更有生机。爸爸今天也在清扫巷子。

我喜欢机场,只要想象自己拿着机票站在机场的情景,

---

③顿乃克溪谷:位于韩国济州岛西归浦,是著名的旅游度假圣地,每到夏天,游客如织。——译者注

心里就会觉得麻酥酥的。

我喜欢午睡，午餐后的休息时间是公司给予我的最好的奢侈品。

我喜欢化妆品，特别是面膜。当我购买的面膜到货时，我就会沉浸在幸福之中，一边幻想着自己成为皮肤白皙的美人，一边进入梦乡。

我喜欢涂鸦，当我在涂涂画画的时候，时间就会在不知不觉中流逝。

我喜欢聊天，可以和姐姐、妈妈彻夜闲聊。

春天来了，我喜欢在树下铺个垫子躺着。如果有紫菜包饭，那更是锦上添花了。

我喜欢和侄子打羽毛球。侄子小的时候由于实力不足，所以忙于捡球。等他长大之后，我们打羽毛球简直就像是在比赛。在这种情况下，我成了经常捡羽毛球的那一个，腰都已经直不起来了。但我喜欢这些瞬间。

我喜欢咖啡。每一次泡咖啡的时候，味道和香气都不一样。我喜欢咖啡捉摸不透、魅力十足的味道。我尤其喜欢萨尔瓦多咖啡豆。

我喜欢健身房的跑步机。虽然是在室内，但在跑步的过程中可以整理自己各种各样的想法，甚至会有灵感浮现，头脑也会变得清晰起来。不仅如此，下肢变瘦的错觉也让我感到满足。

我喜欢海面上闪烁的光。我住在一个可以清楚地看到大海的港口城市。沿着大海奔跑，就可以到达一个视野开阔的地方。在那里，海上的波纹将大海和群山融为一体，发出耀眼的光芒。

我喜欢在新的旅游景点散步，去逛当地的市场，这也会出乎意料地有趣。

我喜欢树林中散发的清香。我从济州岛购买的树苗散发的香气，常常让我错以为自己在济州岛。我的心境也会因此变得平和。

我喜欢我们家的院子。我们一家人在这里相遇又分开。

一定要不断寻找自己的兴趣和爱好。要有意识地深入思考，努力多了解自己。

带着诗和泳裤离开

我对济州岛有着特殊的爱恋。我只是喜欢一些小风景——行道树丛中随意栽植的柑橘、四处可见的山峰、在安静的道路上奔跑时遇到的放马的牧场、每个季节都有着独特美丽的油菜花、夏天路口的水菊、秋天的紫芒等映入眼帘的日常风景。如果能够在海边看看晚霞,整个人就会获得慰藉。

我并不是抱着某种目的去寻找风景,而是在路上偶遇风景,它们没有一个是不美丽的。虽然并没有在意在想不到的地方遇见宝石那样华丽、耀眼的景色,但济州岛的景色风格独特，所以我喜欢济州岛。

我每年都会去一两次济州岛。虽然是独自前往，但每次去，济州岛总是以崭新的面貌迎接我，所以我对它的感情越来越深了。济州岛是第一个我只为了自己旅游才去的地方。我讨厌令人郁闷的城市，海外旅行又令人恐惧。虽然去济州岛是我最后不得已的选择，但这里的大海、山峰和阳光却具有我无法解释的治愈效果。目前仍然像镜框一样印在我心中的风景，都是济州的景色。我尤其喜欢汉拿山，以及让人心生敬畏的鹰。

站在水月峰上，如果能够忍受风吹和恐惧，就可以尽情享受令人眩晕的高度和庄严。在小渔村月亭里④的月光下游泳，在就连建筑物也和咖啡馆的名字相似的《希腊人佐巴》中度过夏夜，也真的是特别的回忆。遗憾的是有人想要买下月亭里，把它改造成树林。

只是因为这里是济州，所以我很喜欢。在济州岛，我是一个旅行者，这个岛好像也在以旅行者的身份拥抱着我。

---

④月亭里：位于韩国济州市金宁海水浴场以东。——译者注

为了能够变得年轻，我经常会去旅行。通过接触新的地方，我能从中获得巨大的能量。对我来说，每当感到生活艰难的时候，可以休息、充电的地方就是济州岛。这次休假，我也想在济州岛度过。现在这个时代，需要阅览的信息越来越多，睡眠也越来越不足。只要能静静地看着某处的景色发呆，就让人觉得很舒心。

每当感到生活艰难的时候，旅行是最好的放松方式。
大海、山峰和阳光都具有无法解释的治愈效果。

寻找工作之外的幸福感

据说,参加社会活动和工资大幅上调一样,都能让人感到幸福。我结合自己的情况进行了思考。如果不是意外被别的公司看上,就不会发生工资大幅上涨的奇迹。就目前的情况而言,通过工作大幅度提高幸福指数,是不太可能的事情。我的结论就是,要想更加幸福,只能参与各种社会活动。

能够通过参与社会活动享受来自社会的幸福,真是让我感激不尽。该理论的内容是:第一,通过与他人的相互作用,发挥自己的作用,收获积极的反馈和有用的经验,从而感到幸福。第二，只有捐赠才能提高社会参与度，这是在目前的状况下能够感到幸福的最佳方案之一。第三，形成另一个自我。也就是说，只有通过参加各种社会活动和关系，塑造好自己的人生，才能去享受年薪上涨的喜悦。对于经历过失落感或丧失价值，即使是勉强也要强化自尊心的人来说，这是非常必要的。

我曾担任滑雪场和游泳馆的总务。虽然我并不乐意，但不知怎么就坐上了这个位子。虽然我是在后面观望、游手好闲这种类型的人，但是只要接到了委任，就会非常认真地去做。在这里，我也曾因为"做得好"而感到自豪。但令人怀疑的是，这种幸福与年薪上涨是一样的吗？

我还在儿童中心展现了自己的才能。为孩子们考虑，我不能负责像数学、英语、科学等理科科目，所以我负责了只要稍微学习就能轻松完成的社会和国史科目，持续开展了几年的志愿者活动。孩子们称呼什么都不是的我为老师，我就像是真正当上了老师一样兴奋。当然，我也有因为觉得厌烦和毫无收获的情感消费而觉得泄气的时候。但是听到那一句句"您辛苦了"后，我会感到很充实。

每当这种社会活动和与人交往的机会增加时,我就会感到自己变得更加健康。这种心情,就像是自己变得更加健康、更加不错的感觉一样。当我逐渐达到自己预设的标准后,我的满足感和价值感也会得到提升,感到更加踏实。所以,虽然最近生活困难,但我的捐款依然在增加。

要通过多种活动让身心变得健康起来。即便我在公司感到很无趣,我的意志被消磨,但在公司之外,我也要追求乐趣。即便觉得有些麻烦,我也要在这个通过有机体连接起来的社会里,积极地建立起良好的社会关系。

我期待着自己总有一天能够证明:我在社会关系中感受到的意义和幸福,和工资大幅度上涨所带给我的是否一样。

最好的朋友还是自己

姐姐和我从不久前开始储蓄。

"你要和我一起去看星星吗？"

这是我们旅行的目的和储蓄的原因。

姐姐想去看星星。她说她想要看到在远古的自然下，广阔的光的世界；想要体验无法用照片展现出来、只能用眼睛和心灵感受到的极致的璀璨辉煌；想要在异国的神秘中，留下人生中一个值得追忆的画面。

我立即进行了搜索，将候选地点的范围缩小到三个地方。第一个是蒙古国的沙漠，我想去那里看星星，第二个是北美的加拿大，第三个是北欧的芬兰，那里有极光。我粗略地计算了一下，大概每人需要约500万韩元旅行费。我们开设了筹备旅游费用的账户，姐姐说只要她手里有钱就会转到这个账户。我这个贫穷的工薪族，也开始定期存入一些钱。截至前些日子，已经存满了一年，此后我又重新进行了存款。但是直到现在，我们连一个人的旅游费都还没有存够。既然明后年就要准备出游，我们就应该加快存钱的速度。

姐姐还把这件事告诉了抚养着两岁大侄子的嫂子，并说了让我震惊的话。

"嫂子，嫂子，准备好机票钱就过来吧！剩下的费用我们帮你解决。"

虽然我知道她是一个心胸宽广的人，但她好像忘了还有我和她一起存款。现在木已成舟，我们翘首以盼那个离开的日子，苦熬着令人疲惫的日常生活，憧憬着未来。只是姐姐的机票钱是姐夫出的，嫂子的机票钱是哥哥出的。而我，只能更加努力地工作。

家人们聚在一起的时候，又提起了关于旅行的话题。嫂子说她已经很长时间没去旅行了，一边说一边看着丈夫。

这个被辛劳的职场生活及烟酒折磨得发胖的人摆手说，让她一个人好好去玩。嫂子用斧子一般锋利的眼神反击。

"一个人去有什么意思啊！这么好的风景，当然要一起去享受了。一起吃美食，留下美好的回忆。"

当然，她说得没错。这次轮到我来反击。

"去和自己分享所有这些美好吧，哈哈哈。自己去看美好的事物，享受美食，留下美好的回忆就可以了，哈哈哈。"

虽然家人保持了沉默，但我完全可以感觉到他们灼热的目光。我心里暗暗呼喊："你们也太不会享受了。"

可能因为我还是单身，所以总会对此有一种强迫感，总觉得就是要享受一个人的生活。况且有的时候，我也只能独自完成。每当这时，我就会告诉自己，不要因为没有人可以陪伴就放弃。我必须做自己最好的朋友。我有义务让自己看到美好的事物，享受美食，拥有美妙的情感。我要尊重自己，既要严格要求自己，也要爱护自己。

要和自己成为最好的朋友。这当然不容易。一个人活在世上有什么意思呢！然而即便如此，也要和自己亲近。有研究表明，只有能够独自生活得很好的人，才能够和他人在社会上更加健康地生活。两个人当然会更安定、更好。我承认这一点。但既然出现了这样的研究结果，就不要因为自己是一个人而畏缩不前。

即使我穿着领口下垂的T恤，膝盖部位变形的运动裤，是素颜，有明显的黑眼圈，我也应该爱自己。世上所有的缘分都有始有终——有时以死亡结束，有时以伤痛结束。在那样的瞬间，能够一直守护在身边安慰我的人，终究还是我自己。

当我跌入谷底的一瞬间，我感到很羞愧，不愿对任何人说出口。这时，我感觉世界上仿佛只剩下我一个人，留在身边的终究还是我自己。

把幸福分散在周围的事物上

不要把鸡蛋放在同一个篮子里,如房地产、现金、股票和黄金等。

现在是鼓励分散投资的时代。虽然我并没有需要分散投资的钱,但我的爸爸非常担心他这个老女儿的财务状况,敦促我购买房产。他看到价值超过两亿韩元的公寓在出售,前来咨询我的意见。对于不清楚我的资产状况的爸爸,我也很为难,不知道应该和他说些什么。

就像投资的时候不能集中于一处,幸福的来源也不能仅仅局限于一个地方,应该持续制订 B 计划、C 计划。我并不是鼓舞大家为了找寻幸福而去赚钱和消费。虽然金钱是必需的，但不能断定其本身就能给我们带来幸福。只要把幸福分散在周围的一切事物上，然后投入自己的情感，不就可以了吗？

下班路上，看到布满晚霞的天空，我高兴地按下快门；下雨天，吃到一张葱油饼的我，也会觉得很幸福；吃肉的日子，还有公司内部食堂做了炸酱面的日子，这些都让我沉浸在幸福之中。

每到樱花纷飞的春天，就会想起初恋。拿到新款面膜的那天，心里会一阵激动。每天只要看到没有读过的书堆积如山，就会感到心潮澎湃。此外，还可以花钱去运动和旅行。

要对能够和家人一起吃一顿简单的饭而感恩。看到世界各国发生的战争、违反人伦的行为、自然灾害，要庆幸自己生活在韩国这片相对安全的土地上。

好心情就是幸福的纽带。

电视上曾经有过这样的场景：

一位修行者问一位僧人："大师，您幸福吗？"

"你认为和幸福相反的是什么呢？"

"不是不幸吗？"

僧人再次问道："那么你现在不幸吗？"

"没有。好像没有不幸。"

"你说幸福的反面就是不幸，既然你没有不幸，那你就是幸福的。"

"是的。"

这种苏格拉底式的对话，将我也说服了。

所有的平淡，日常生活中拥有特权和权利，都是幸福。幸福不能用刻度来衡量，也并非显而易见，但一定要用鹰一般锐利的眼睛在各个角落仔细寻找。要用分散投资的形式增加幸福指数。

如果重新进行思考，就会发现幸福是一种来自外部的情感。幸福就是对外界的事物感到愉悦或表达感恩。

要努力寻找自己喜欢的东西，了解自己的喜好，并且对此表示感恩。

要想看起来很厉害，就去读书

我不喜欢读书。因为我觉得读书是只能一个人去做的事情，这会让人感到孤独。我喜欢喧闹的电视机的声音，喜欢大家围坐在一起分享美食、吵吵闹闹。比起让人头疼的政治或内容艰深的文字，愉快的聊天让我觉得更加轻松、美好。

但是，如果想要维持精神的健康，最重要的手段就是读书了。坚持读书的人，认知和精神都有可能获得成长。并不是说必须通过读书才能达到这样的目的，而是说大多数人可以通过读书获得更好的生活和更高层次的思维方式。

对我来说，读书既不是游戏，也不是休闲，而是如同苦口良药一样——即便勉强也要忍着喝下去。即便辛苦，为了补充知识营养也要刻苦努力。

实际上，对我而言每天坐下来阅读10分钟都很困难，所以我平常会看着堆在地板上、以及像装饰品一样被放在书架上的书籍，来慰藉自己精神上的空虚与饥饿。据说，人类天生就不适合静静地坐在某个地方读书，人们会觉得读书的过程很辛苦、乏味。

那么，我们为什么还要读书呢？因为想要看起来有内涵，想要看起来很了不起。希望自己在喉咙嘶哑着和别人争吵时，能够直击对方要害，显得十分帅气、潇洒。

读书会让人产生一种隐隐的期待：我会不会也能成为如同伟大的领导者和英雄那样的大人物。成为一名拥有卓越品格和智慧的人，是我人生的终极目标和梦想。当然，现在我依然是一个经常进行评判、容易愤怒、微不足道的人物。这就是我拼命读书的理由。

我每个月都会买两三本书，不知从什么时候开始，我的房间没有阳光的角落里堆满了新出版的书及别人推荐的书，其中有很多书我都还没看过。我觉得自己要在临终之前把它们都读完，但这也许是一种多余的想法。读书这项精神活动，并不像运动、吃饭一样抽时间也必须去做的事情那么简单。

即便如此，我也应该对读书充满热情，让自己更有智慧。

读书是只能一个人去做的事情,这会让人感到孤独。即便如此,也应该对读书充满热情,让自己更有智慧。

学习英语的简单理由

我购买了网络课程,重新开始学习英语。我之前总是下了很大的决心学习英语,却有始无终。我和同一间办公室的女员工一起抱着青云之志,想学习英语之后到海外旅行,自由地和外国人进行沟通,甚至妄想可以交一个外国男朋友。所以,我们就共享了课程的账户,出于金钱及其他各种目的,齐心协力,相互信任,共同努力学习。

其实,独自一人做事情是最难的。我很清楚,要想每天按照既定的日程听课学习,如果没有坚定的意志力,就不可能做到。

我以前学习英语只是为了能够很好地沟通，总是"三分钟热度"，因为我对于学习英语并不迫切。但是，现在我的心态和以前截然不同。我终于开始去想为什么要学习英语。

我学习英语的原因很简单，就是想去海外旅行。我希望自己可以不需要翻译机器帮助，就可以和外国人沟通。带着父母去海外自由旅行，是我的终极目标。无论是去圣地亚哥朝拜，还是在具有纪念意义的胜地旅游，我都希望自己能够展现出优秀的外语能力。

总有一天我会动身去圣地亚哥。我必须为这一天做准备。这一天也许是一年后，也许是十年后。但要想去那里，就必须准确地理解外语。另外，为了增强自己的负重能力，我还必须加强肩部肌肉的锻炼。我应该提前做好准备，以便随时有机会可以立即出发。幸运并不会无缘无故地降临，虽然它是一种偶然，但也只会降临在做好了准备、努力的人身上。

挑战自我是一次改头换面的机会

就像逃难的队伍一样,白雪皑皑的山上有一行人,鼻涕、眼泪和汗水混合在一起冻成了冰柱。"难民们"的衣服由颜色花花绿绿的顶级防水材料戈尔特斯制成。背囊里没有沉重的生活用品,而是装着补充体力的紧急食粮。我背着热乎乎的咖啡、急救药品和少量的救生用品,紧跟在队伍后面。

我们一路奔波,不知是什么时候到达了避难所。避难所的名字很好听,叫金达莱避难所,这里是来自韩国各地的难民的聚集地。这个地方如此狭窄,几乎连下脚的地方都没有。

人们的脸上露出苦涩的微笑,但充满了欣慰和自豪感。

令人吃惊的是，一路艰难走过来的人，平均年龄是50岁至60岁。年轻的我一路走来，都不知道经历了多少个生死关头。

我来回转动眼珠子，找到空位硬挤进去，坐了下来。

"你好。"

打过招呼之后，即便是仅有很狭小的位置，也会有人乐于让出来。邻座的柑橘看起来很好吃，可能是感受到了我可怜巴巴的眼神，他掰给了我两三瓣。这是我第一次吃到如此甘甜爽口的橘子。

似乎是一种本能，我被桶装泡面的味道吸引。贪吃战胜了疲劳，我也开始准备泡面。但一不小心，泡面却在人群中被掀翻。我皱起了眉头，但大家都对此表示遗憾：这该怎么办呢？我也不能继续再绷着脸了。

甜蜜的休息过后，我们再次开始向着白鹿潭[5]前进。我觉得这里应该就是我的坟墓了，因为我完全没有信心从暴风雪中走出来。说什么要看富贵荣华，要拍登山者题材的

---

[5] 白鹿潭：位于韩国济州岛汉　山山顶火山口的湖泊，是韩国最大的天然湖泊之一。——译者注

电影。正在我对此表示怀疑的时候，广播中传来了声音。

"由于暴风雪的到来，不允许从这里进入白鹿潭。"

神没有死。

我得救了。

人们跺着脚表示惋惜。虽然我表面上和他们一起跺脚，但内心深处却想着"快哉"。

5年过去了。当初我在毫无准备的情况下，胆怯地向9个小时的登山行程发起了挑战。现在我通过各项运动，锻炼出了坚实的身体和肌肉，还增强了力量。

我计划今年再次加入登山的行列。我会加强身体锻炼，向白鹿潭发起挑战。

希望这次上天给我开放一条道路，让我能够踏上征途。

我有很多撑开大雨伞的方式

目前，我在学习美术心理治疗。上课的方式是先确定课程主题，然后解释图片的含义。主题每周都会改变，成员们彼此谈论着画，分享各自的想法。

下雨天适合画人物。我画的东西一般都很小。人物小，雨伞也小。我画人与物时，一般线条比较柔和、细小。相反，落下的雨滴却画得很大。

低自尊会通过小画面来呈现，萎靡的心理状态则通过微弱的线条呈现。

压力就像猛烈的暴雨一样向我袭来。即便是处于暴雨之中——值得庆幸的是，我带着伞。而即便是暴雨来袭——值得庆幸的是我带着伞。

小小的雨伞艰难地保护着我免受暴雨袭击。我正在拼命支撑的心理状态，如实地呈现在了画中。

生活中我们总会遇到大大小小的问题和压力。此时，就需要有一把自己的雨伞。我的雨伞太小了，无法抵抗倾盆大雨。如果雨伞能大一些，我的意志力也就更加强大了。

我有很多种打开雨伞的方式。生气时就和朋友聊天，吃辣的食物。在愤怒的情况下，如果能通过聊天唤起朋友的共鸣，心情也会变好。偶尔也会有朋友指出我的错误，他们值得我感谢。这也是代表治愈与反省的雨伞。

我一边听着自己喜欢的音乐来放松，一边看着自己喜欢的 B 级喜剧片。

为自己点一杯最贵的咖啡，找一本看起来最像是有学问的人会看的书装腔作势。我到健身房骑健身自行车，直到气喘吁吁，然后到冷水池中游泳。

最后我自言自语。

熄灯后，我躺在床上，继续平静地和自己对话。不要担心，一切都会好起来的。

即使我找不到答案，或者整理不清楚自己的思路，也要耐心地和自己对话。

这样，总有一天会找到答案。

所有的一切都会奇迹般地好起来。

生活中我们总会遇到大大小小的问题和压力。
此时，就需要有一把自己的雨伞。

给自己一个理由美美地吃一顿

虽然我喜欢风景,但相比之下更喜欢美食。我对美食有一种近乎痴迷的喜爱,甚至觉得自己有义务寻找好餐厅分享给大家。

在享受美食时,很少会有人发火。虽然每个人的口味有所不同,但也不太可能在享受美食时皱眉头或者发脾气。对于不擅长做菜,觉得做饭很麻烦的我来说,享受美食是可以给自己带来快乐和平和的事情。

食物的味道和质量甚至会影响聚会的氛围。即使是在有些尴尬或陌生的场合,只要能吃上可口的食物,就会感到气氛变得更加融洽。

对于餐厅,我爸爸非常挑剔以下三个方面。

第一,环境(清洁度)。

第二,味道。

第三,服务。

要想让爸爸同时对这三个方面表示满意很难。因此,我们一家人外出就餐感觉如履薄冰。与其说爸爸是一个比较讲究的人,不如说他会通过面部表情强烈地表露出不快。所以,对我们来说还是跟随爸爸去他想去的餐厅,或者去他之前去过的地方吃饭更保险。

我曾经和父母坐火车去盈德郡⑥旅行,从车站出来之后,在通往港口的路口边上有一个卖螃蟹的大市场。有富丽堂皇、规模宏大的餐厅,也有脏兮兮的"苍蝇馆子",里面坐满了人。

既然来到了这里,我们就临时决定吃螃蟹。在这里吃

---

⑥盈德郡:韩国庆尚北道东部的一个郡,东临日本海,西界庆尚山脉。——译者注

螃蟹的方式是先从市场上挑选出又大又结实的螃蟹，和商家讨价还价后，到餐厅交摊位费，然后开始吃。我们别无选择，只能跟着带路的人走向餐厅。我们跟着提螃蟹走在前面的带路人——一个在这里做兼职的学生，不到20米的距离却让我感觉十分遥远。

我的不祥预感从未出过错。在爸爸的面部表情渐渐变得凝重的时候，螃蟹做好了。店员给了我们剪刀、手套和筷子。每到冬天，我们全家人都会订购螃蟹在家里吃，所以一家人都是剥螃蟹的好手。虽然这里是人来人往的自由市场，但我们都无比冷静、节奏有序地集中于剥自己的螃蟹。

啊！这是什么情况！味道美极了。

在当天抓到的新鲜螃蟹，充分体现出了它的价值。蟹壳里面全都是肉，带着一丝丝甜味，充满弹性，简直完美。

看到爸爸忙于扯螃蟹腿的样子，我感到了安心和幸福。不管怎么说，餐厅最重要的还是味道。即便是第一点和第三点稍有欠缺，但只要味道做得好，就能抚慰人的烦躁和不满情绪。我在很多个冬天，吃了无数只螃蟹。但到目前为止,这次吃螃蟹,是第二次让我感到特别满意的经历。

在回去的火车上,父母说这次旅行很愉快,对我表示了感谢。

那天我们所做的不过是吃了一顿螃蟹。

岩壁法则

我们在下山的时候遇到了两条路。我在指示牌前面看了一会儿,管理所一位身材魁梧的老人突然走过来和我搭话。

"从这边下山,路比较好走;从那边下山,风景很好。你们是年轻人,选择哪一边比较好呢?虽然会有些累,但是沿着山脊下山的路风景绝美。"

我充满雄心壮志地回答,当然是要看风景了。事实上,我们急于去洗手间,正在寻找通往洗手间的路。对于这个问题,他回答说,再往前走一点,可以看到寺庙,寺庙那边就会有洗手间。

老人朝着向山脊走去的我们说了一些含糊的话。

"虽然可能会有些辛苦，但终归是下山的路，比上山要容易一些。我们在山下见吧。"

我们回过头，从老人的眼神里捕捉到了一丝冷峻的气息，但我们还是满不在乎地出发了。

我们沿着陡峭的山脊行走，每当遇到走到一半就消失的山路和峭壁，对老人的埋怨就会加深，同时也产生了征服它们的欲望。全身涌上来的肾上腺素，就像自始至终享受极限挑战的"变态狂"一样，让我们无限重复着喃喃自语和夸张的肢体动作。

这座山脊的名字叫作巨蟒。难道它遗憾自己没能成为巨龙？我对它的埋怨也越来越强烈。我们走了好一阵子，然而有洗手间的寺庙始终没有出现。

位于山脉中间，像屏风一样展开的岩石山，散发着神秘而又阴森的气息。虽然的确是绝美的景色，但如果下了雨，恐怕我也会在这景色中消失。我感到一阵眩晕，在这生死攸关的十字路口，我同时感受到了对于自然的敬畏和生命受到的威胁,我对此越发小心。我们不断地寻找消失的山路,就这样走了一段时间之后,才掌握了下山的诀窍,知道了脚下的路通向何方。有一些通道感觉像是下山的路,然而大部分都被堵死了,或者通往了悬崖峭壁。在经历几次错误后,找到正确的下山路时,那种喜悦无法用言语来形容。

有的岩壁看起来似乎是个屏障,其实那个地方就是连接点。我们踏着石块上去,就能看到下山的路,只需要从岩壁爬上去就可以了。我们有时手脚并用,有时借助绳索往上爬。

人生也是如此。在被认为是绝境的地方,可能会出现新通道。虽然很辛苦也很可怕,但只要能够在那里站稳脚跟,就能看到新的道路。我的痛苦也可以转化成财富,成为内功,并且终有一天发挥它的价值。

在学习中发现简单的幸福

随着尚古热潮来袭,天才们的学习方法逐渐被人所知,人文学在韩国掀起了一阵热潮。书店里人文学图书和古典图书比比皆是。我也抱着让大脑变得更加聪明的心态,开始研究人文学古籍。

我第一次接触古典图书,是在看到了"可以成为天才"这句诱人的话之后。权律将军深入研究古籍,直到40岁才得以出仕。虽然出仕较晚,但他是带领军队取得胜利的名将,同时也是一位文臣。最近在看百济时代历史的过程中,我从中获得了重新开始的勇气。

我想变得更加聪明，更加善于言辞。我要在遇到困难的情况下，凭借快速的判断和随机应变赢过所有人。我想利用智慧的加持，自由飞上天空，也希望在紧绷的生活中能稍微轻松一些。

我想被称赞为好人、不错的人、有智慧的人。这样的人生和精神，不断从自由艺术中带给我希望。

我找到一份古典人文学推荐书目，开始胡乱地阅读。我读苏格拉底、柏拉图、伊索寓言的时候，感觉自己就像是被关进了迷宫里。由于根本找不到出口，我踌躇不前，最终让我走出的是"思维学校"。

讨论难以理解的尼采的作品、卡夫卡的《变形记》、塞缪尔·贝克特的《等待戈多》的时候，我觉得自己的头都要炸了。我还浏览了历史悠久的"希腊悲剧剧作选"和罗马的"凯撒大帝"。这些天才们的智慧，经历数十个世纪之后，依然像是难以攀登的坚固墙壁，有着超出想象的高度。这些新鲜、深刻的思想，带来了令人愉悦的头痛。

人文古籍让人想去追求智慧，和周边的人相互关爱，而不是独守深奥的观点或思维，孤独地生活。它让人想追求满足温饱的财富、宽广的胸怀及从不同的视角观察自己的生活。要学会独立，摒弃贪心，不被社会摧毁自我，坚持正道。

想要赚更多的钱，拥有更豪华的汽车、更大的房子、更多的食物，我们总是觉得难以满足。其实，我们要学会在这种生活中发现简单的幸福。

我们总是觉得难以满足。
其实,要学会在这种生活中发现简单的幸福。

你的选择有可能会伤害别人

如果你读了李珥⑦的《自警文》,会发现文中有这样一句话:"行一不义,杀一无罪,而得天下,仁者不为也。"

也就是说,即使自己能够获得莫大的财富和名誉,如果需要以某人的血泪为代价,就绝不能做这样的选择。在为了多数人的利益而牺牲少数人利益的时代,栗谷的观点堪称高洁。

---

⑦李珥(1536—1584),号栗谷,李氏朝鲜时期知名的儒学家和哲学家。——译者注

我们常常以"为了家庭，为了孩子"的名义，在不知不觉中践踏他人的生活。平凡且没有力量的人尚且如此，那些既得利益者和士大夫们又能好到哪里去呢？他们傲慢地戴上领导者的帽子，剥削劳动者，不顾下属的生命安危，不断积累财富和名誉。

或许我也是因为某人的牺牲和不幸而站到了现在的位置。因此，我对每件事都会心存感恩、小心谨慎，不会鲁莽行事。这不仅仅是对于生命的态度。在与人相处的时候，你曾经是否毫不在意地向对方"捅刀子"，并陶醉于胜利的喜悦中？是否在背后说过别人的坏话或者挑拨离间，并因此得到了实际利益？如果对方有不当之处，可以追究原因，但不能讽刺或谩骂他，也不应该实施冷暴力。

我之所以将栗谷的这句话铭记在心，是因为看到了热爱并珍惜所有人的真正领袖的风范。在严格根据身份区分阶层的朝鲜王朝时代，能够拥有这种同理心实在令人感动。其实，我们会在不知不觉中轻视那些看起来不如自己强大或能力不如自己的人。我从生活在500年前的栗谷身上，学习了待人接物的基本礼仪和价值标准。

不能为了自己的利益而对别人冷眼旁观,更不能压迫别人。建立在道义和德行之上的名声,会在公司内外散发出光辉。即使不是为了这个目的,也应该把这句话铭记于心。

我必须时刻牢记,我的选择有可能会伤害别人。

在创作中确认自我的存在

在纸上涂涂画画是一种很好的方式。无论是上课还是开会,我都无法集中精力,所以会写一些东西来打发无聊的时光。正式开始写作后,写作成了自由剖析自我的方式,同时也成了我加深思考的契机。把想要诉说的故事写下来,这本身就是一个无比愉悦的过程,同时还能确认我的存在——我活着的痕迹。

我写东西不需要任何人的任何评价,是一个进行自我恢复的过程。于我而言,这个过程比面对任何人时都要坦率。我可以不受任何支配或束缚,完完全全地面对自己的想法和感受。是否有人能够读到这篇文章，或者是否有人能够通过这篇文章有所感悟，这并不重要。它们只是我与自由的我之间进行的对话，释放情感本身就是一个珍贵的过程。

当文章的内容趋于明确，意味着我也在趋于具体化。也就是说，要通过观察自己喜欢什么、讨厌什么，来发现自己的兴趣点。当你对某一对象感兴趣时，就能把它看得更清楚，也会更加喜欢它。把焦点放在自己身上，去爱自己所爱的，是一件很重要的事情。你应该退后一步，站在第三者的角度进行思考，寻求客观的答案。其实即便没有最后一个步骤，在很多情况下，原本模糊的问题也会越来越清楚。当再次读到自己的文章时，就会突然产生一种莫名的勇气。

刚开始，我在文章中向自己发问，大多数情况是把文章当作发泄自己负面情绪的土壤。可能是因为把它们当成了播种的肥料，不知从哪个瞬间开始，"肯定自我"这种想法开始在土壤中发芽。

嫩芽慢慢地长大，这实在是让我欢欣鼓舞。每天早上短暂的写作时光让我一点点地成长，一点一点地获得力量。在写作期间，我认为自己是特别的，对自己感到认可。我感觉像是拥有了一个可以分享秘密的朋友。看着自己写的文章，我感到心满意足。

我成了自己最亲近的读者。日常生活中，在那些让我觉得毫无意义的时刻，我就会去写作，用自己的文字填补这种空虚。

就这样，我记录着自己的秘密，并不断地累积着。这个秘诀让我变得自信，让我在别人面前不气馁、不自卑、不傲慢，让我越来越成熟起来。所以，写作对我来说很重要，它让我更加坚强而又柔韧，让我比昨天更好。我无法停止写作，也绝对不会停下写作。我今天会去写，明天也要继续写。

在写作中，我认为没必要用华丽的词藻堆砌文章。我确信像日记一样真实的文章能够让我更客观地看待自己，并且散发出光芒。即便每天只记录一两行关于自己的文字，我也绝对不会放弃。

一个人独处的感觉很好

安代理结婚4年了,有一位狐狸一样美丽的妻子,还有兔子一样活泼可爱的子女。最近他突然感到很郁闷,感叹自己能够完全独自待着的地方只有汽车驾驶座。我们需要有个属于自己的独立空间,这样才能放空自己。我们需要有空间和时间从繁忙和疲惫的状态中抽离出来,只关注自己的内心。只有在完全面对自我的时候,才能够放空自己、充实自己。

晚饭后,结束和家人的团聚后,回到房间,将门锁上。从这一刻起,卧室就成了自己独有的空间。等到了深夜,就完全成了属于自己的、谁也无法接近的空间。可以偶尔光顾咖啡馆，或者在傍晚或凌晨时分，在安静的卧室里打盹或看书。能拥有这些时光，那就再好不过了。

关灯躺在床上，回想一下今天发生的事情。把还没能抚平的情绪、没能整理好的心思"拿出来看一看"。虽然有时候会因为太困而直接睡着，但躺在床上的时候也能唤起我无限的灵感。

有时候我会自问自答，有时候会在手机上留下记录。在黑暗中发散自己的想法，有时能够加深思考、获得灵感。

一个人独处时，会感到孤独。但这种孤独不就是人生中最有价值的养分吗？

在自己的时间、想法被埋没之前，寻找属于自己的空间，这很重要。在这个空间里，果断丢弃那些应该丢弃的，然后用新的内容把它填满。

空间给予人的能量比想象中还要大。要寻找一个只有自己可以停留，让灵魂得以休息的地方。我打算不久后再找到一个这样的空间。

不知不觉中，积极的想法
开始发芽

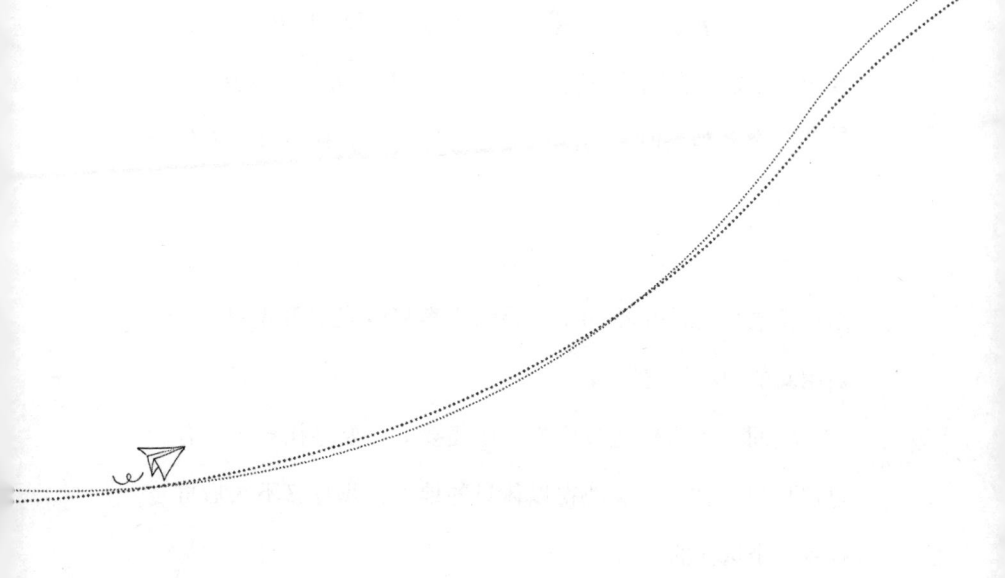

4

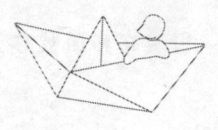

从痛苦和失败中学习

适当的缺乏

"适当",这是一个很适合我的词语,贯穿我人生的始终。我在适当的家庭中出生,有着适当的外貌和适当的智力,在生活中做出适当的努力。还可以加上适当的缺乏,也不会觉得别扭。

大部分年过七旬的父母都一样,在韩国战争[8]结束后过着"绝对缺乏"的生活。我的爸爸常说,当初虽然自己

---

[8] 韩国战争:这里是指朝鲜战争,但是在韩国被称为韩国战争。——译者注

挤进了全校前三名，但是迫于家庭条件放弃了升学。他常说，只要我们愿意上学，即便是卖掉内衣内裤，也会支持我们。当时年幼的我还对此嗤之以鼻，心想：有谁会买你穿过的内衣呢？

我们三兄妹不仅没能遗传妈妈的美貌，长得也不像爸爸。我们只是普通孩子，这让我们有些许负罪感。总之，我们有着适当的外貌、适当的头脑、遇见了拥有一份适当工作的配偶、过着适当的生活。当然，我目前还是一个人生活。

如果有人问我继承的遗产是什么，以及我可以留下的遗产又是什么，我想我会说，是适当的缺乏。虽然我没能像一些人那样从先辈那里继承到土地，但适当的缺乏不才是努力让生活变得让人满意的最大动力吗？适当的缺乏支撑着我活下去。

爸爸常说，他不想老后把自己托付给子女，同样也没有遗产留给子女。他这句话听得我耳朵都要磨出茧子了。他也曾半开玩笑地说，自己动手，丰衣足食。但是姐姐和哥哥结婚的费用却出自爸爸的口袋。我同样半开玩笑地对爸爸说，希望爸爸也可以替我出结婚的费用，但这对我而言还是很遥远的事情。

我对自己身体上最有信心的部位是手。周围人总是和我开玩笑,说我的手看起来就像是养尊处优的样子,长得很漂亮,但是我在经济方面并没有依赖父母。我在读大学的时候,一直在做兼职,用自己挣来的钱完成了学业。毕业之后,我也从来没有停止过工作。现在我还记得,当初我第一次用做兼职赚到的钱给自己买化妆品,给父母买内衣的时候,时薪是1500韩元。那时我正值20岁,因为舍不得花钱,连出租车都不舍得坐。

如果没有缺失,我们就不知道什么是感激、什么是爱。就像只有当微尘威胁到了我们生存的环境,才会开始怀念清新的空气和蔚蓝的天空一样。父母的爱也是如此。

当然,我没有遇到过绝对的缺失。我没有因为穷而挨饿,也没有因为交不起学费而放弃上大学。虽然我没有出色的头脑和运动神经,但作为朴宗赫家的小女儿,我放弃了自己可以放弃的,抓住了自己可以抓住的,至少我的一些缺憾让我行动起来了。在开拓属于自己道路的过程中,我得以了解自己的喜好。在弥补不足的过程中,我得以让自己学会心怀感恩,培养了自己的成就感和自信心。

今天我所学到的

我在向孩子们学习。这些向着梦想和热情奋力奔跑的青少年们,让我捡起了被自己遗忘的梦想、勇往直前的挑战精神和纯粹的热情。不知不觉中,我已经度过了10多年的职场生活,愈发具有惰性。我一直满足于集体生活,认为能够安然无恙地度过每一天就是最好的。

我安慰自己,大家都在过这样的生活,都在每月按时领取工资,一直在本分地过好自己的生活。靠着工作收入维持着自己平凡的人生,这种生活方式并没有什么特别,活着就是这么回事儿。

除了一定要去做的事情之外,不要总想着去赚更多的钱,或者把自己的事业做得更大,只须尽好自己的本分,这种消极的想法紧紧地捆绑住了我的手脚。

"惰性"已经渗入我的体内。穿衣服不要太显眼,化妆和涂指甲油也不要太突兀……一切都会遭人非议。在这个小城市里,如果在酒吧遇到了公司的同事,第二天我也会被描述成酒吧的常客。我对这种传言十分畏惧。

我像僵尸一样毫无感情地起床上班、工作、按时吃工作餐、按时下班。偶尔也会和朋友一起吃晚饭,或者做些其他的业余活动,我告诉自己,我现在过得很好。我不想让自己变得特别,只想平凡地度过每一天。适当地工作,就会在适当的时候获得适当的工资,在适当的时间爽快地下班。这是我眼中理想的职场生活。

公司的每次结构调整都如同刺刀般寒冷,好在我几次都存活了下来。虽然最后刀刃还是冲向了我,但我终究还是留下来了。朋友曾说,以我们现在的年龄,能够在公司工作,应该抱着一颗感恩的心。朋友的这句话,让我心里很不是滋味。但现实就是这样,我依然选择了留下来继续工作。

在我每年冬天都会去的滑雪场上,有两名女高中生是滑雪的好苗子。她们正值十八九岁,风华正茂。她们的人生比任何人都要精彩和充满活力。她们向着梦想奔跑的激情给人以激励,甚至让人感动。她们虽然年纪小,但并不抱怨环境恶劣,反而坚持努力。她们说服看自己不顺眼的父母,走上一条自己想要走的道路,她们身上有着耀眼的美丽。看到她们,我遗忘已久的梦想就重新浮现出来了。

我虽然一直希望自己是最好的,总是嘴上说着要努力,但什么都不去做。我抱怨现实,不满足于现状,却轻易放弃。

我要向她们学习。或许我的条件可能比她们还要优越一些。我还不需要承担家庭的责任,我已经成年,而且攒了一些钱。但我并没有行动,我是一个充满惰性、没有诚意的成年人。

即使粉身碎骨,也要努力向前奔跑。为了不给父母添负担,她们努力赢得奖学金,计划着留学的生活。在她们的努力面前,我为自己的所作所为感到羞愧,抬不起头来。我甚至开始担心,和这些孩子相比,一无是处的我有一天会以过来人的身份阻挡这些孩子奔赴灿烂的前程。

这些女孩子像斧头一样将我粉碎,她们似乎走近了我,推着我的后背。

现在你们的阿姨——我,也要带着热情向梦想发起挑战。

疗愈内心的"感冒"

我得了感冒。当拜访几年前曾经见过的小区诊所所长时，我看到他匆忙戴上了自己的假发。我在进入诊疗室的瞬间，忍不住扑哧一声笑了。他可能是已经习惯了这种状况，毫不在意地开始了治疗，并且认真、严谨地在一分钟内结束了诊断。如同我预想的一样，他让我多喝水。我打完针之后便离开了诊所。

我咳嗽个不停，喉咙像要爆炸一样，嗓子完全哑了——或许说受伤了更合适。虽然要忍受腹痛，但药效还算不错。我在想，要不要趁此好好休息两天，恢复体力。体力才是根本。

我从小时候开始，只要一到冬天喉咙就会变得脆弱。妈妈就会把生姜茶和枣茶混在一起煎给我喝。体力较差的我后来开始了游泳，之后有一段时间身体比较健康，可以不用再去医院了。但是，后来我以在澡堂中澡篮子被偷为借口，停止了游泳。打着休息的幌子选择了懒惰。然后就遭遇了一度是顽疾的伴有咽喉性肿痛的感冒突袭。

我的喉咙肿了，耳朵和眼睛也很疼。这种郁闷和不适令人窒息，让我对一些无足轻重的小事也感到厌烦。我感觉，要重新开始运动。感冒已经影响了我的正常生活。

内心的"感冒"也是如此。当人际关系出现了问题，很难有对策时，治疗起来也会很困难。就像得了感冒一样，能发挥最好效果的是增强免疫力或者进行注射。内心的"感冒"没有免疫力。我们要和内心对话，告诉它，要重新开始运动，要不断地锻炼内心的"肌肉"。

思维也有"肌肉"。在反复跌倒、爬起来的过程中，就会产生内力。我需要用客观的眼光来看待自己目前所处的情况。我要重新开始运动、看书，整理自己的心情。

好好活着，耀眼地活着

生活有时不幸，有时幸福。
即便人生只是一场梦，
但能活着还是很好。
清晨凉飕飕的空气，
花开之前吹来的甜丝丝的风，
黄昏时分的晚霞，
没有一天不耀眼辉煌。
正备受生活折磨的你，

既然降临到这个世界上,

就有资格每天享受这一切。

不要因为充满后悔的过去和让人不安的未来,

就毁掉现在这一刻。

好好活着吧,

耀眼地活着。

——电视剧《耀眼》台词节选

女主人公经历了像梦一样的岁月,平静地吐露了自己的心声,给予人心灵上的安慰。

正备受生活折磨的你,

不要毁掉现在这一刻,

好好活着吧,

耀眼地活着。

静静地等待，默默地治愈

> "宽恕一个人，并不是赐予他免罪符。宽恕，是为了自己。"
>
> ——惠敏（高僧）

有时候只是看到自己讨厌的人在身边，就会觉得烦躁。宽恕，说起来容易，难的是面对有憎恶之心的自己。

"摆脱它吧，宽恕它吧，这么做是为了你自己。"

我虽然像圣人一样念咒语，但结果只是给自己增加了压力，从而责备自己。还不如幻想着有一天可以报仇，等时机成熟就以牙还牙，或许心里会觉得舒服一点。肆意地责骂伤害自己的人，反而对精神健康更有好处，但随着时间的流逝，人也会变得愈发迟钝起来。我已经无法想起自己一年前是因为什么事情而痛苦，记不清事情是发生在夏天还是冬天。我们只是在流逝的岁月中得到了治愈而已。

我决定给自己一些时间，一个月、两个月、三个月，甚至一年。不急不躁，任凭时间流逝。

虽然在别人看来可能都是些微不足道的事，但我是一个小肚鸡肠的人。每当遇到问题时，我都会尽力跨越，结果蹭破了膝盖之后，再次跌倒。因为我还没有完全成熟，所以我需要时间，也需要努力。

要保持适当的距离。因为人会遗忘，所以曾经的厌恶总有一天会自然而然地变得模糊。随着岁月的流逝，没有什么是克服不了的。

不要急着对他们做出最后的评断，要不慌不忙地等待。

"活着"其实是个感叹词

活着的另一种表现形式是还没有死去。

我们脚踏实地生活。为了维持生命，我们的一切行为——吃东西、喝水、穿衣服、爱别人、与人共处，都在持续进行着。

所谓活着，有十分宽广的含义，包含了整个宇宙。它可以是名词，也可以是感叹词。名词"活着"可以和"生活"互通，而生活中的"活着"则是一个动词。

有的人即便处于艰难的生活中，也会寻求活着的意义；有的人因为无法死去，所以选择活下去。我们需要以一种感叹的心态活下去。

我有和自己年龄相差三四岁的姐姐和哥哥。对于刚从乡下移居到小城市的年轻夫妇而言，说得好听一些，是一个赠品；说得不好听些，我就是顺便被生下来的。但我并没有因此受到歧视，也没有因此就不被疼爱。我的出生纯属偶然，和某个人的意志无关。我就这样来到了世上，并且努力活了下来。

有些日子，我觉得自己已经很幸福了；有些日子，我觉得自己的生活和昨天一样单调，心想，活着到底有什么意义呢？

活着的时候，一切都是瞬间。有人开玩笑说，死亡也是一项工作。即使在阴天站在泥泞的地方——这个瞬间也要学习。人生所有的瞬间，我们都要好好活。

公司不是也一样吗？

如果说有什么不同点，那就是我愿意交出自己的简历，而公司相应地提供给我一些东西，我和公司之间维持着这种联系。这是我们之间相互选择的结果。

什么样的人生才算精彩呢？

我们是否需要创造并记住一些瞬间，让我们在最后闭上双眼的时候，觉得自己此生过得还算很好呢？

离开公司的那一天，或许就是这样的瞬间……

花时间从容地等待

在一段一个人独自走在前面的关系当中，有时会看到错位的心灵距离。尽管假装若无其事后退了一步，但也是徒然。

"就当不知道吧。"

如果对方面露难色，那即使小心翼翼的提问和蹩脚的安慰，也都会显得有些冒昧。

这时，表示担心和假装理解，只会给对方增添负担。然后才会想起之前尴尬的瞬间和反应，有时还会觉得自己受到了欺骗。觉得两个人之间拉远一些距离就很好的想法从脑海中掠过，但是突然间激动的心情却让人身不由己。

我曾思考过人与人的距离。

因为没能照顾对方，独自走在前面，因此受到了伤害，开始埋怨对方和我的步调不一致。

不知道是不是感到了不适，从而忘记了过错在于我走在了前面。为了配合对方的步伐，我首先转身，但又认为这种行为影响了自己的心情。

要停下来吗？要像以前一样去靠近对方吗？这个苦恼可真幼稚。真正感到艰难、痛苦的人，其实是对方。

人一旦被逼到了角落，就会表露出真心，这时人际关系就会被整理。虽然积累信任的过程很长，但信任崩塌不过是瞬间的事情。

在变成失去了价值的存在，无法给人带来任何安慰，甚至连这些都不想要的时候，我虽然感受到的疏离比不上对方的悲伤，但我因为自己什么都不知道而难过。

要学会花时间从容地等待，因为人与人之间的心理距离以及相互靠近的速度，都各有不同。

认可自己，才能淡然展示自我

星期天的清晨，我为了做泡菜炒饭，在把锅放到煤气炉上时烫伤了手背。我让手在冷水里泡了一会儿，等降温之后重新集中精力开始做饭——把这个过程称为做饭，我有些羞愧。

不好吃，连泡菜炒饭都能做得如此难吃。然而，当我不得不吃难吃的食物时，就会吃得比谁都快。

我吃完饭后开始收拾餐桌。烫伤的部位马上鼓了起来，而且在第二天变黑了。虽然我没有感觉到疼痛，但被烫伤的皮肤已经变成了死肉。虽然这块皮肤没有了生命，但黑色的表皮依然粘在我的手上。等过一段时间，就会长出新肉，逐渐和手背融为一体。每当我用手指敲打键盘时，手背上这一块如同树皮一样干瘪皱巴的皮肤，就会进入我的视线。

我心想，小小的伤口都会留下这样的痕迹，如果伤口比较大，那还了得？这块死皮粘在我的手上，留下了可怖的伤痕。如果想要若无其事地把它展现在世人面前，需要我不断地鼓起勇气。看来，只有认可了自己，才能淡然地向世界展示自我。

留在我心底的伤口，虽然眼睛无法看到，却一直都存在，难以抹去。

死去的表皮脱落后留下的疤痕也是我的一部分。虽然疤痕看起来有些丑陋，但它因我而存在。无论它以怎样的面貌存在，我都要对它投以温柔的目光。无论它长出水泡，还是继续变黑，只要我看向它的视线不被遮挡，伤痕就能够得到治愈。

一点点把自己填满

新的一年开始了。

正如哲学馆的大叔所说的那样,今年我会比较走运吗?一位在以夕阳为特色的旅游景点免费算命的大婶告诉我,今年我要出嫁了。真的是这样吗?如果相信她所说的,我可能已经嫁出去10多次了。

在描述我年龄的前面加一个数字"4",给了我很大的启示。中年!"40多岁的中年女性",这个词让我感到陌生,但是我会慢慢接受。即使在超市或医院被人称为大妈,也应该坦然接受。

我穿的衣服，我的行为举止和想法，都还不算完美。我就像患上彼得·潘综合征一样，不太适应自己成年人的身份。只有照片中自己的样子，才能够让我正确地认清现实。我只是眨了一下眼睛，就变成了一个头发泛白的女人了。

我20多岁时总是感到不安。当然，我并不是说自己现在不这样，但目前的状态与当时截然不同。当时我感到孤独，对理想和现实之间的矛盾感到不满，却又是一个什么都做不了的胆小鬼。我曾极度自卑，乃至认为自己被对手无视。

我讨厌自己矮小的身材，讨厌自己的声音和语气。我想要自己独自承受伤害，想要躲避，我害怕探索自我，或许当时我患有严重的抑郁症。

我的20多岁是一片灰暗，到了30岁，我开始挑战独立。因为如果不这样做，有一天我可能会突然从世上消失。

我有必要重新修正自己那些扭曲的想法，我的方式是看书。比起小说，我更喜欢读能够给自己能量和启发的书。被狭隘和固执包围着的我，从书中得到了教训、劝导和安慰。

我开始尝试新事物。我跳热气球，独自乘飞机去旅行，还去首尔观看了之前一直想看的演出；我不仅独自吃饭，还去找远方的朋友,厚着脸皮和朋友共度了一整晚。我去学习和体验了自己感兴趣的事物。

　　我就这样一点一点把自己填满,即将 40 岁的我,也因此并不怎么感到孤单。

通过看书重新修正自己扭曲的想法，通过旅行学习和体验自己感兴趣的事物。只有把自己一点点填满，才不会感到孤单。

不放弃的理由

每到冬天,我凌晨 4 点就会起床,然后踏着夜色出门。

早上我喜欢睡懒觉。在公司,我总是最后一个出勤。我们的工作从 8 点半开始,员工一般会提前三四十分钟到达,我紧赶慢赶才提前 15 分钟赶到公司。是我的不对吗?虽然我为此苦恼过,但最终得出的结论是:"我确实需要保证一定时间的睡眠。"虽然我其实并没有迟到,但也总因为到得不够早而看别人眼色,然而我仍然无法改变自己的习惯。

就是这样的我,每到冬天就会背着书包坐上前往江原道滑雪场的汽车。由于害怕,我缩着脖子在深夜或者凌晨时分到处乱跑,还曾坐上了去High1度假村⑨的汽车。

对此,人们会这么想:

"这个女人是痴迷于滑雪吗?"

"滑雪这么有趣吗?"

并不是这样。我所做的一切运动,对我来说都是挑战。用大脑做具有挑战性的选择,并不是件容易的事情,而我又是运动白痴、路痴,想要具体实践更是难上加难。

在瑜伽课上,我总是会和老师做相反的动作,把老师逗乐。在学习舞蹈的时候,我会把后面的人带偏,还因此被安排到了最后一排。我开车已经有10年了,可是偶尔还是会感到晕车。虽然游泳时通常是团体训练,但我也曾在教练恨铁不成钢的目光下接受过他的个人指导。

我没有放弃滑雪。虽然我滑得不好,对滑雪感到胆怯,自信心也有所下降,但我依然没有放弃,理由只有一个——我的实力不足。别人在3年时间里就能够滑的斜坡,我需

---

⑨High1度假村:韩国的一家度假村,有"韩国的拉斯维加斯"之称。——译者注

要练四五年时间。虽然我达到了初级水平，但是与花费的时间相比，还处于起步阶段。虽然有很多教练心怀遗憾地教我，但我一直都是原地踏步，我无法用语言表达出这种伤心。

我这样算什么呢？我无数次问过自己这个问题。但有一点是确定无疑的，那就是我不能放弃。可能是因为我下定了决心，即使要花费很多时间，也要把对自己的失望转化为成就感。

我怀着复杂的心情，在凌晨的寒风中前进。可能是我想把自己逼到极限，想看到自己最终能有所成就吧。

所有的一切都是相互关联的，哪怕我不知道自己为什么要像现在这样，但总有一天我会找到新的联系，获得成就感，冲开人生的波涛继续航行。积极地面对苦难的我正在实现自立。

我们在迷路之后才开始寻找自己

一转眼就长大成人

我变得更加孤独

不知不觉就变成了孩子

在寒冷的初春踏上属于自己的旅途

为了迷路

我们踏上了旅途

我们沉默不语

不知要走向哪里

——《为了迷路》，Joa Bang 乐队

作为路痴的我，即使打开导航系统，也几乎没有找到过正确的路。在目的地近在咫尺的情况下，我开着车绕了一圈又一圈也是很稀松平常的事情，所以很多时候我会在不经意间了解了目的地附近的地形。虽然有时因为有事情需要解决，所以驶上了陌生的道路，等抵达目的地的时候，内心觉得十分满足，但对我而言总体上还是很大的挑战。

我不仅在平时会迷路，在旅行中迷路更是家常便饭。每到这个时候，我就会集中精力摆脱面临的处境。我开始搜索地图，调动自己所有的感官。我开车来回转圈，有时还能观赏让自己叹服的绝美景色。偶然间遇到的奇妙景色，会带给我意外的惊喜。

迷路让我获得了很多经验。比起风平浪静，在面临问题的时候，我能够提出更多的疑问，并且通过与自己对话，找到最好的答案。

正如一位作家所说，我们在迷路之后才开始寻找自己，他认为，即使是下意识的，也要养成迷路的习惯。只有等到失去以后，才会恳切地寻找自我，才会开始思考我现在是在哪里，处于什么位置。

失去爱情的时候也是如此。让人觉得讽刺的是，失恋的经历让我找到了真正的自我。在失去了自我又重新寻找自我的过程中，我还尝到了自由的滋味。

我们需要养成迷路的习惯。

即使迷路了也不必太灰心，因为可以找到新的出路。

那就索性说说我的40岁

我已年近40岁，不安和恐惧变得越来越真实。也就是说，我又开始苦恼如何对自己保持认同。

现在的我比以往任何时候都想努力摆脱"年龄"的束缚。我曾经确信的很多正确观点，现在都开始动摇了。如果我无法摆脱束缚，那就应该找到妥协点。我需要从"如果现在失去工作，可能会失去一切"的不安中走出来，去探寻另一种价值。我不想有朝一日离开这里之后一无所有、软弱无力。

我再次意识到自己与公司，难免只是如同甲方和乙方之间的合约关系。相互遵守原则，下达和执行业务指示，是理所应当的事情。但是，我个人生活和工作以外的事情，没有理由因此受到限制。作为工薪一族，不必被像主人一样的他们牵着鼻子走。我只是跟公司签订了劳动合同而已。下班之后，我们彼此都是相互独立的自由人。

如果说我曾经经历过疾风怒涛般的青少年时期，那么现在可能是在经历新阶段的成长阵痛——只是它来得没有那么猛烈。当有一天我睁开双眼，发现自己的年龄已经到了对别人的提问变得犹犹豫豫的阶段——面对那些"在本应拥有家庭的年龄，却独自一人"的目光，我也变得畏畏缩缩。

到目前为止，我扑打着弱小的翅膀飞到这里，知道自己已经无法继续前进。我知道自己无论是外表，还是内在的状态，都大不如前。这是一个缓慢下沉的时期。

我需要做准备。独自应战的我或许更应该准备充足。相反，因为无拘无束，所以我也能够自由自在。现在的我会对自己的内在倾注更多的关注，就像法顶禅师所说的那样，把关注外界的眼睛和耳朵都收拢到自己的心里。

生活就像荡秋千，虽然想要去更高更远的地方，尽全力为人生助跑，但最终还是会回到原来的位置。虽然我曾接近那耀眼的、让人恍惚的天空，最后却又回到原点，但我已经不是从前的自己了。我的 40 岁，就像荡秋千一样在天真烂漫中来来回回。

我们具有无限的可能性

美国心理学家麦吉尼斯曾指出,成功人士具有以下特征:

1. 在任何困难面前都毫不动摇,坚持不懈解决困难。
2. 相信未来掌握在自己手中。
3. 保持身心充满活力。
4. 果断地切断消极想法的恶性循环。
5. 能够从很小的事情中获得巨大的喜悦。

6. 一边热忱地描绘着成功的蓝图，一边付诸实践。

7. 即便遭遇不幸，也不会失去活力。

8. 坚信自己有无限可能。

9. 对周围的一切都充满了爱。

10. 无论何时何地，都只谈论积极、健康的话题。

11. 接受根本无法改变的东西。

我琢磨着，自己有几项特征和以上特征相匹配。

无论遇到什么困难，都去耐心解决问题吧。我坚信我的未来由自己决定。不久前，乐观成了我人生座右铭中的关键词。消极的想法总是源源不断，我需要练习斩断这些想法。

我陷入一种需要再稍作努力就可以获得成功的错觉。让我们今天也幻想自己拥有美丽的大厦，幻想自己的周围充满了爱吧。成功指日可待，我们要相信自己具有无限的可能性。

我的人生也需要匠人精神

我点了一杯拿铁——牛奶和意式浓缩咖啡的绝妙结合。软绵绵的泡沫加上香浓的味道,刚好符合我并不高级的品味。据说咖啡因会让我们体内的钙流失,然而因为牛奶里含有钙成分,所以从营养学角度来说咖啡也是健康的。拿铁是在1到2盎司(约28到56克)的意式浓缩咖啡中加入牛奶制成的浪漫咖啡。

我也像电视剧女主人公一样,嘴唇上沾了咖啡的泡沫,然而换来的只是一张餐巾纸和嘲笑。

一杯拿铁,就可以让人快速分辨出一家咖啡馆是否擅长做咖啡。因为在适当的温度下做出适当的泡沫很不容易。要想在小小的咖啡杯中做出咕嘟咕嘟冒出的泡沫，就要花费比想象的更长的时间进行练习。甚至可以从一杯咖啡中看出咖啡师对于咖啡的热情和心态。对我来说，咖啡的重点不仅仅在于味道，更是一种可以让人感受到匠人精神的饮品。咖啡就是咖啡师的艺术作品，或许世上所有的事情都是这样。咖啡豆被摘下、洗净、翻炒，经过无数道工序后，在咖啡师的手中"开出花来"。

我认识两位具有这种匠人精神的人，一位是教我做咖啡的老师，另一位是这位咖啡师的爸爸。在20世纪90年代，他的爸爸仅仅是一个卖饮用水的人。后来他爸爸成了这个保守的小城市里的第一代咖啡师，一直坚守到现在。他的爸爸本身就是个传奇人物。当市场上还仅仅在卖速溶咖啡的时候，用咖啡豆磨成的美式咖啡只是被看作一种黑色的、味道很苦的水，是一种虚张声势的饮品。现在美式咖啡已经是一项巨大的产业，作为一种日常文化站稳了脚跟。他的爸爸所经历的岁月，也必然是不平凡的。

第一个吃螃蟹的人总是最辛苦的，走在时代的前沿，是一件孤独的事情。这一切都是匠人精神。在我的人生中，也需要匠人精神。无论身边的人怎么说，只要我有信心走自己的路就可以了。

我也想成为火焰般的太阳

下了一整天的雨。

冷飕飕的天气让人直打颤,我甚至怀疑今年夏天是否真的是近年来最热的夏天。我今天着急出门,穿了短袖,现在后悔了。

风裹挟着雨水,肆虐了一整夜。我害怕炎热,窗户敞开着就睡着了。得幸于此,落在石板屋顶上的雨的嘈杂声能够彻夜被我当作音乐来欣赏。

轻快的雨声和风声在我的耳边拍打,但我醒来之后却没有起床关窗。在这个世界上,或许最沉重的就是我躺在床上的身体，还有我的眼皮。雨声只是被我装进了耳朵里，身体始终没有听从大脑的命令关上窗户。

雨停之后，就会有火辣辣的太阳吧。

炎热的天气将全面来袭。赤日炎炎，像是要吞没大地一般沸腾起来。虽然这让人筋疲力尽，但夏季却比任何季节都要灿烂。

我也想成为一颗火焰般的太阳。

在这个世界上，或许最沉重的就是躺在床上的身体和我的眼皮。

我的梦想

"你的梦想是什么呢?"

我的梦想是辞职。

我不要忧心忡忡、哭哭啼啼地离开公司。我的目标是比任何人都帅气、潇洒地结束职场生活。

为了能够底气十足,为了能够有始有终,我要比任何人都努力享受今天和明天,并且持续学习。

不管是在公司还是离开公司,我的决心都一如既往。在我的一生中,我会一直向着梦想奔跑。懂得学习的人会在内心世界拥有精神财富。世上万物都有值得我学习的地方。而我要在学习的道路上不断积累自己的财富。

我会尽量避免为自己制造敌人。所谓人生，其实很讽刺，你不知道会在何时何地，以何种面貌与别人再次相遇。成功和失败的区别不在于金钱和权力，而在于你赋予任何事情以意义的态度。

即便是有丰富的经历，如果没能在经历中获得感悟，那么这些经历便毫无用处。如果没能在经历中进行反省，那么我们在丰富的经历中体会到的只是一种心情上的转变。

推动梦想实现的力量不是理性，而是希望和内心。虽然把辞职当作梦想的我谈论"内心"是件很可笑的事情，但为了实现这个梦想，我可以不断地学习。天下没有无用功，只是我之前没有明白这一点而已。

我相信，只要我不停下来，就能够持续进步。

我也想成为一颗
火焰般的太阳

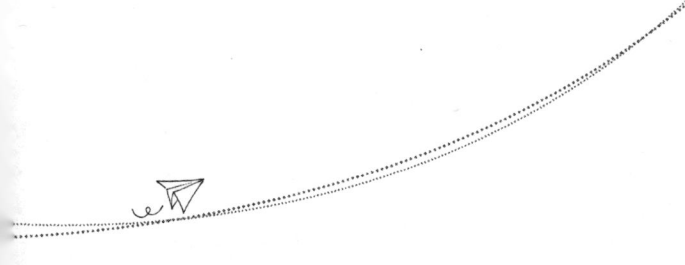

5

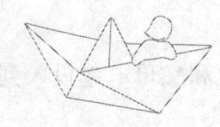

琐碎的日常，也可以是奇迹

家庭和睦之我见

家和万事兴。我们应该努力维持和谐的家庭关系。特别是即将进入不惑之年的女儿想要与年过七旬、已经有些耳背的父母和睦相处，我会鼓励她先学会独立。即使和父母住得很近，独立也是理所当然的最佳选择。如果有能力独立生活，那我非常赞成。

如果你是像我一样喜欢偷懒、收入少、胆小，没有信心独自生活，需要和父母一起居住，那我建议你可以每天回家晚一些。

在看电视的时候，要真诚地和父母一起投入到剧情中去，尽量和父母共情，避免发生激烈的冲突。如果你是进步人士，就不要轻易谈论政治问题。要尽量早一点上班，下班后一定不要在晚上9点之前回家。下班后依然可以有很多事情去做，可以在安静的图书馆或咖啡馆看书，也可以去补习班学习英语——这是我一直以来的心愿。我还推荐大家找一些性价比高的地方进行运动。当然，运动之后一定要洗漱，然后回家。希望大家不要在深夜的时候洗澡，以免吵醒父母，同时也可以节省家里的水电费。

每天只在家吃一顿饭，不要挑食，也不要像美食家一样对食物评头论足。如果吃饭的时间比较长，父母大概率会忍不住唠叨几句，这会影响你的心情，所以要尽快结束用餐。

父母会为自己漂亮、可爱的女儿变老而感到难过。觉得生活比较艰辛的时候，你可能会发泄出来，但是如果可以，还是要尽量避免。让我们回过头来想一想，感谢父母还陪伴我们生活在这个纷繁复杂的世上。

无论自己的经济状况如何，都要给父母生活费。即便每次付给父母的生活费微不足道，但最重要的是要坚持定期付给他们。如果能够一次性付给父母大量的生活费自然不错，然而我们却时常处于缺钱的状态，手头紧巴巴的。如果有时间去银行，可以取一些现金放在信封里。这和转账效果不同——或许你会发现第二天的菜肴更丰盛了。但也不要抱太大的期望，因为这个药方的有效期不会太长。

如果你手头比较宽裕，可以帮父母代付话费。有很多适合65岁以上老人使用的套餐，既便宜又好用。如果父母询问新款手机的使用方法，要尽可能以亲切积极的态度指导，不要不耐烦。当然，这会是一个比较辛苦的过程。即便如此也要忍着，诚心诚意地给父母提供帮助。要学会达观地对待这些事情，这至少证明了你对父母来说还是有用的。

要特别注意就医的问题。没有和父母住在一起的兄弟姐妹们，可能对父母的医疗问题不太敏感，也不太了解，甚至产生不愉快、不满的情绪。不要为此太恼火了。现在，父母不也依然还在为没有出息的我们到处张罗吗？这一切都是为往后安乐的生活做准备。

这片土地上所有的大龄单身男女，即使觉得费劲也要讨好父母，珍惜和父母在一起的时间。这才是和睦之道。

让你厌烦的平凡就是奇迹

我希望能像电视剧中的女主角一样,自己身份的秘密被揭开,发现自己其实是某财阀的女儿。我梦想年下男[10]能够被我深藏不露的魅力折服,和我一起坠入爱河。

我想象自己中了大乐透彩票之后在马尔代夫喝莫吉托酒。

我莫名地希望在自己身上发生一个伟大的奇迹。虽然明知绝对不会发生,但我依然一边看电影一边买彩票,做

---

[10] "年下男",顾名思义,就是在年龄上比女方小的男士,通常搭着"年上女"(女方比男方大10岁以上)一词更容易理解。——译者注

着白日梦。但是我现在明白了,这令人厌烦的平凡就是奇迹。虽然我希望摆脱毫无新意、无限重复的日常生活,但只要有一颗小石子飞过来影响了我原有的生活,我就会竭尽全力让生活恢复到它之前的样子。

本以为会一直健康的父母要到首尔的一家医院接受治疗,我们的日常生活也随之坍塌了。在隐隐的压力之下,平时一定会吃的早餐现在也不吃了。我曾经是不懂事、只知道享受的小女儿,现在也不得不打起精神来应对。曾经的我生活得很自私,吃完父母准备好的早饭就去上班,只顾着照顾自己的身体,现在这种生活已经支离破碎。无法解决的问题所带来的剥夺感,比想象中的还要让人痛苦。

我们应该把生活中的每一个瞬间都当作奇迹,比如和父母坐在一起吃早餐,一起走路或散步;无论路上发生任何交通事故,都安全到达公司;在想吃糖醋肉又因为分量比较大而犹豫的时候,有朋友可以和自己一起吃;虽然学得比别人慢,但是原本在水中不能浮起来的我,能够轻轻松松地在游泳池游上两三圈;原本在滑雪场只能滚着下来,现在可以靠自己的双脚滑下来。这些日常本来就是奇迹,我不再把这一切视为理所当然。

用世人的眼光来看，我可能仍然是一个有很多烦恼的人。但是，能够从点滴的日常中发现幸福的我——本身不就是个奇迹吗？虽然我有很多事情要去做，但我不会忘记心中的希望，我相信自己最终会获得成功。

人生最大的奇迹就是对照常运转的生活以及现在的自己的信赖。我有了更大的勇气，认为无论自己以何种面貌出现在什么地方，都可以说"如果我能够好好的，就是最棒的"。至少我现在享受着快乐的时光，还有什么比这更惊人的奇迹呢？

这算是过度消费吗

坐在咖啡馆喝一杯咖啡；

去书店买一本自己喜欢的书；

兴致来了就买一束花；

在某音乐软件上购买了最便宜的票；免费获得了表情包；

自己想看的电影；用最低的价格买到了电影票；

有时会请朋友喝一杯茶；

和她们分享面膜；

在纪念日收到即便微不足道的小礼物；

每年去周边城市旅行一两次；

还要存一些钱；

为了健康开始去健身房；

给侄子们一些零花钱；

给父母买一瓶维生素。

我算是过度消费吗？

我未曾坐游轮去欧洲旅行，

我没有奢侈、挥霍度日；但日子依然过得紧巴巴的。

是因为工资没有变化，物价却上涨了吗？

为什么我的资产总是赤字呢？

那些我们都在一起的日子

有时候看到某种食物，会回想起某个日子或者曾经和我在一起的人。

在公司要求我签合同的第二天，他们让我提前清算退休金。他们的理由是：因为补贴有可能会减少，所以现在开始领取会比较划算。这是对我的照顾。而听我倾诉这些烦闹的朋友们突然睁大了双眼。

"你已经连续工作了很多年，退休金应该有很多呢。"

还在病中的朋友说，想驱车去彦阳[11]，旁边长得像李孝利的漂亮女孩子微笑着默许了。然后我们就深夜驱车到了彦阳吃烤肉。彦阳的烤肉价格很贵。虽然不知道吃这顿烤肉是为了安慰我，还是为了安慰她们，但我们维系了23年的友情是如此闪闪发光。

　　长得像李孝利的朋友从越南买了香蕉连衣裙，回国后我们到安静的东海一起拍了纪念照。前年我去菲律宾的时候，她还把自己标有"I♡长滩岛"的红色连衣裙爽快地让给了我。在旅行的整个过程中，这条裙子一直掉色，染红了我身边的海水。就如同她的友爱一直围绕在我的身边。在去意大利的那天，还在生病的她为一周之后回国的我准备了可以吃一个月的小菜，祈盼我平安归来。我也因此只能换上了更大的背包。

　　在我决定走上作家之路时，她和我约定要给我一间房作为工作室，并说等到书出版之后，还会来购买我的书。我拜托她每人要购买100本，但并没有听到确切的答复。

----

[11]彦阳：韩国地名。——译者注

谈论了长达 7 个小时的"马拉松",直至喉咙里发不出声音的日子;冲浪时承受了脖子和脚踝被撞伤的痛苦的日子,我们都在一起。

就这样,短发少女们上了年纪之后,纷纷结婚成了妈妈。当然,我还在享受一个人的孤独生活。

无须说明,简单说一个词就能让我们笑出声。我们在彦阳烤肉时回忆往昔,一起拍手大笑。我们向对方分享自己的喜悦,却不会相互嫉妒,我们的悲伤也不会被对方看作弱点。我们的友谊珍贵无比。

今天我们也在社交软件 Kakao Talk 上相遇。

"去旅行吗?什么时候见?"

冗长的对话肯定得不到结论,而是稀里糊涂地结束。虽然我们不能经常见面,但是我们的友情,就像是存折上的旅行资金一样,逐渐丰厚起来。时间快要到了,我们快要出发了。

我们并非毫不相关

放在我面前的咖啡并非偶然出现。经过无数人的劳动和努力，它才能够出现在我的面前。无数的因缘也与此并无二致。

对于我遇见的所有人、身处的环境、接触到的事物，我都不应该抱有漫不经心或狂妄自大的心态。因为这一切可能都是某人努力的结果或某人珍贵的人生。世间万物都很珍贵。

不久前一位青年死了。

据说不是正式员工。

虽然我们未曾谋面，但我们是在同一家公司工作。

所以，他的死亡不能说和我毫不相关。

帮助他人也是一种勇气

我的钱包丢了,可能是放在了背包里的某个地方吧。钱包会在办公室吗?我迅速将信用卡进行了挂失。

钱包里有几千韩元、身份证和驾照,还有一些各种类型的卡片。因为帮妈妈换了新手机,所以妈妈的身份证也在我的钱包里。比起丢了钱包,需要重新办理各种卡及身份证这些事情更让我抓狂。

因为我是丢三落四的性格,所以我以为这次也是自己不小心把钱包落在了某个地方,并没有当回事。第二天早晨起来之后,我在车里、背包里翻来覆去找钱包,但仍然没有找到，以致上班的时候心情十分低落。早上9点，我正在忙的时候接到了姐夫的电话。

"你的钱包丢了吗？"

"哇，消息传得这么快吗？"

原来是姐夫家所在公寓的保安给他打了电话，让他去警卫室取钱包。因为之前办理证件时，我的居住地址写的是姐姐家的。

可能是在去距离姐姐家10分钟路程的古籍书店的路上掉落的。捡到钱包的人看到身份证上显示的住址之后，走到了公寓的警卫室，把钱包交给了公寓的保安。他没有留下姓名和联系方式就消失了。

这个世界还是十分美好的。虽然我相信"性恶论"，但是这种情况发生后，我还是做了反省。虽然我们生活的社会充斥着一些荒诞不经的新闻，但这个世上依然是好人多。

还有过一次这样的事情。

一个傍晚，我把车停在闹市区的街道边，在美发店烫发，突然收到了一个陌生人发来的短信，短信里说有人撞了我的车之后逃逸了。于是，在晚上10点多，美发师和我陷入了苦恼。因为考虑到如今社会总是会发生各种各样奇怪的事情，所以我怀疑是不是有人在跟我开玩笑，或者有人在通过这种方式诈骗。所以，30分钟之后，我做完头发才出了店门。美发师有些担心，也和我一起出了门。

车右边的大灯被结结实实地撞了一下。根据目击者的短信内容来看，撞车的人是下车查看了情况之后才逃离现场的。这种行为应该承受更重的处罚，我忍不住想骂人。目击者还给我发来了照片和视频，希望能对我有帮助。她说由于自己很害怕，所以是躲起来拍摄的，画质不太清晰，还对此表示了歉意。

第二天，我带着那个女人发来的视频和照片去了派出所。我天真地以为只需要简单的询问和电话确认，就可以将肇事者绳之以法。然而得到的结果是肇事者确实是出了事故，但是他觉得自己并没有造成损害，所以就直接走了。我的天！警察补充道，最近法律做了调整，可以进行刑事处罚。

这个男人分明是喝醉了酒，撞了我的车之后，确认黑匣子并没有打开，才逃离现场的。我本不想因为这个可恶的人伤脑筋，但是想到那个女孩子在自己害怕的情况下依然帮助了我，出于感谢，我必须追究到底。

一个和我毫不相关的人给我带来了损失，另一个和我素不相识的人又给我提供了帮助。仔细回想，之前还发生过几次这样的事情。我也是有福气的人啊。这些让我感动的瞬间，会让这份温暖长久留存。这些记忆支撑着我的人生。

帮助他人也是一种勇气。我也要鼓起勇气，用关怀的眼光去看待周围的人和事，把自己得到的福气传递给下一个人。

一起吃顿饭吧

　　吃饭，是人生中重要的活动。一起吃饭的人叫作家人。和家人一起吃饭，其意义超出填饱肚子。在战场上，士兵们分食一锅饭，也意味着建立生死同盟。

　　就像各自买了饭之后一起吃，逐渐亲近起来一样，吃一个锅里的饭，就是在共享喜怒哀乐。如果想让关系更加亲近，就向对方说"一起吃顿饭吧"。这时要把关注点放在对方喜欢吃的食物上，表达出关怀之意。

　　和让人不舒服或不亲近的人一起吃饭，是一件很尴尬的事情。如果情况允许，人们会尽量避免这种场合，或者干脆逃脱。对我而言，有领导在的聚餐就属于这种场合。即便菜单上有自己最爱的牛肉，我也会找各种理由推脱。而员工们为了尽量避开领导，常常会用眼神交流。不想出席这种场合，意味着拒绝晋升。但是，如果是和朋友们一起吃饭，即便只是吃4000韩元的豆芽汤饭，也让人觉得是人间美味。在这时，食物就是开启对话的钥匙。

我喜欢探索美食。享受美食的乐趣是可以轻松分享给别人的。虽然这样容易让肚子长赘肉，但搜寻美食依然是一件让人十分愉快的事情。比起单独吃饭，多人的聚餐更是可以享受更多的乐趣。

我有一种神奇的使命感——搜寻美食并分享给朋友，邀他们一起聚餐。约上好友，确定好菜单，在聊天中积淀感情。和喜欢的人，在喜欢的餐厅享受美食，是极大的幸福。

我们能抓住的就是现在

我妈妈生病的时候,在同一个病房安慰我妈妈的那位老人,几个小时之前去世了。她已经年近 80 了,却还是喊年近七旬的我妈妈为新娘子。然而她就这样离开了人世。

早上,我们还若无其事地打了招呼,没想到这成了我们之间最后的告别。生命在瞬间消失,就像谎言一样让人难以置信。

最近我觉得自己这辈子可能要孤独终老了,但依然期待有一个珍惜我的人出现,期待自己在被最终淘汰之前可以扭转局势。虽然我觉得自己也是咬紧牙关才成功挺到了现在，但是这一切在面对离别时又显得十分虚无。

那位老人留下需要照料的孙子，一个人离开了这个世界。她在弥留之际又会有怎样的心境呢？世上再也没有人称呼我那已经满脸皱纹的妈妈为新娘子了。

我们的年龄逐渐增大，同样，父母也越来越老，听讣告也越来越频繁了。每个人都带着自己的故事，和这个世界告别。有时觉得死亡距离我们很遥远，而突如其来的离别又让人觉得没有真实感。

虽然生活中总会有相遇和分别，但我还是想时刻记住在一起的这个瞬间。离别不知在何时、何地就会到来，我们不能陷入拥有无限时间的错觉。

我们能抓住的就是现在，这个瞬间。我们尽量不要假装积极，要以坦然的心态去享受现在小小的幸福。

我们能抓住的就是现在,这个瞬间。
要以坦然的心态去享受现在小小的幸福。

松懈是觊觎你人生的凶手

在长途旅行或者举办活动的时候，我经常感到特别紧张。其实并没有发生什么意外情况，结果也很圆满。但因为担心放松警惕就会发生意外，我有时就无法享受整个过程。

在乘坐飞机或长途驾驶的时候也是如此。我会戴上平时并不怎么戴的墨珠手链，还会带上印有祈求幸运的图案的小镜子。

在公司时也是一样。在我安心工作的时候，总会遇到同事离开公司；在工作比较顺利的时候，也经常会在一瞬间就出了状况。猝不及防的拳头打在身上,会带来双倍的疼痛。

我对父母的感情也是如此。即便我装作若无其事,但是经历过几次病痛之后,就紧张起来了,仿佛这样才能保证父母健康。

在我这种没由来的紧张之下,并没有发生任何异常。我始终也没让自己松懈。

我在放松警惕的情况下出过事故,也丢过东西。在我卸下紧张感的时候,事态就会朝着让人措手不及的方向发展。健康、爱和工作,都是如此。只有在我打起精神的时候,才不会出现失误。

在我松懈下来的瞬间,我所处的位置随时会坍塌。松懈,可能是觊觎我整个人生的凶手。小病不治,终成大患。我要对自己的生命负责到底。

寻找留白

我的房间、我的大脑,都被某些东西塞满了。就像是被随意扔在抽屉里和桌子上的杂物一样,我的衣服、我的想法,都被随意扔在里面。房间里塞满了过季的、已经穿戴过的衣物。

我的生活中有太多不必要的杂物。

我习惯性地拿起手机,毫无目的地浏览网页,脖子开始前倾。我依然会痴迷于电视剧里的主人公,陷入一种错觉——白马王子会出现。虽然觉得有些可惜,但我要克制自己的这种行为。这样我才能对自己喜欢的事情倾注双倍的精力。如果花更多的时间做自己喜欢的事情,那么我们会对自己的人生更加满意吧。

所谓忙,只不过是借口,其实自己是被一些杂事牵绊,时间和想法都被这些杂事掩盖起来了。我们总是觉得自己很忙,没有空闲时间。这个时候需要果敢地抛弃一些东西,腾出时间来。这样才能让人生充满意义。

不久前在健身房,我的洗浴篮被偷了。在我离开自己的位置30分钟左右的时间里,有人把放在我衣柜旁边的洗浴篮偷走了。洗浴篮里放着一些价格昂贵的洗漱用品,还有一些其他的杂物,塞得满满的。其中有一些一直放在篮子里的东西,我觉得丢掉很可惜,现在也被强制清理掉了。

我也因此开始了意料之外的极简生活。现在我每次去健身房运动,只会带一些必需品。虽然只是清理了一个篮子,但我的脚步却因此变得自由而轻盈起来。

极简生活不就是这样吗?

不去东张西望浪费时间!

把自己真正的需求放在首位,然后果敢地丢掉其他东西!

我立即开始了清理工作。

能够被小事感动，又能感动他人

我小时候很喜欢"中庸"这个词语。我觉得这个词是在说一个人不偏不倚，显得十分帅气。我也想得到这样的评价。

站在中层管理者的立场来看，我常常需要听取涉事双方的意见。如果其中一方感到委屈，那么中层管理者的职责就是从中调解，让二者的关系协调统一。但很多时候，在听了双方的意见之后，我自己也无法区分出谁是加害者，谁是受害人。

即便是在相同的处境下，事件依然可能会以完全不同的方式展开。为了实现仲裁，脱口而出的话可能会引起更大的误会。断然决定可能会被看成是一种无礼的行为。经人传话之后，事情的严重程度就会扩大两倍。

由于立场不同，我们会将事件朝着对自己有利的方向进行解释。有时，不管事实如何，我们总会站在自己的角度歪曲事实。这很有趣，但也非常可怕。要让自己保持中立，即便对事实的认识不够充分，也要侧耳倾听，采取一种中庸的态度。我想成为一名客观、正直的仲裁者，但并不是每次都能成功。

重复的日常和不堪的现状让人意志消沉。当我一次又一次感到无力，感觉自己像是坠入深渊的时候，我与《中庸》第二十三章的文字产生了共鸣。

即便是很小的事情也不要漠视，
而要全力以赴。
如果能够对很小的事情都能全力以赴，
就是一个真诚的人。
当你成为一个真诚的人，真诚自然就会表现出来。

真诚表现出来之后，就会逐渐显著。

显著了，就会发扬光大。

发扬光大了，就会感动他人。

感动了他人，就会带来改变。

引起改变，就能化育万物。

所以，

只有天下最真诚的人

能够化育万物。

《中庸》第二十三章 电影《逆鳞》台词

　　无论是多么微小的事情，只要用心去做，就能做出成绩，并且蓬事增华。与别人分享一些小小的感动，这些感动也会变得特别而又重要。我们有必要更加真诚地面对人生中的每一个瞬间。与其躲在办公室，沉浸在消极情绪之中，不如吸取积极的能量，朝着蓬事增华的目标前行。

　　即使是看似毫无意义、日复一日的时光，只要用心去对待，终将收获感动，让生活向着更好的方向发展。我认为世间万事，孰轻孰重，并没有明显的界限。

《中庸》第二十三章的内容，与有品格的人生非常相似。能够被小事感动，又能感动他人的人，自然会得到认可。

从某一个瞬间开始，来到办公室的司机们开始双手恭敬地接过订单，向我问好。在我感到他们和以前相比发生了很大变化的一刹那，我仿佛看见双手捧着纸张恭敬地伸出了双手的自己。

记忆中被保留下来的美好

我的手机内存严重不足。在整理照片的过程中,我不知不觉陷入了回忆。

这些照片看似没什么了不起,但它们记录了在 40 个月内马不停蹄地工作和生活的自己。

"啊?还拍过这样的照片吗?"

虽然是两三年前的照片,但看到它们还是觉得很新鲜。这些照片带我暂时回到了过去。

虽然当时这部手机的价格很高,内存也足够大,但也装不下这么长时间的回忆了。

我笼罩在模糊的情感中，不知是思念，还是惆怅。我蓦然想起那时的我和他们。重新翻看这些在当年不那么令人满意的照片，却也发现那时的我们充满了稚气与活力。在很多时候，我和他们都在笑。他们中有一些人，我已经很久没见了，也有一些人后来疏远了。我们曾经一起度过的时光犹如黑白胶片上的影像一样掠过。

小时候，拍完照会把胶卷冲洗出来。当时拍摄和冲洗每一张照片都很用心，会将注意力全部集中在照片上。冲洗出来后，会在照片的背面写上要找的人的名字。

有一次期末考试结束，那天，我们在教室里拍了集体照。相机的主人是我的朋友，她把照片冲洗好之后给我拿过来，我在想要找的照片背面写上自己的名字。而对于单人照，即使觉得不满意，也会无条件地把它找出来，这是个不成文的规定。在当今世界，不仅是照片，很多东西都已经数字化，很容易保存和删除。以简便为由，我们与这些东西相互之间的关系也变得越来越轻易。

我有很多照片，可以随时以内存不足为理由删除。在更换手机时，可能还会因为没能及时转移照片，导致照

照片有一种奇妙的力量，积聚了时间和记忆。

片永远丢失。但是我学生时代的照片，到现在还像编年历一样封存在相册里。

照片有一种奇妙的力量，积聚了时间和记忆。小时候拍摄的照片还会唤起"思念"这种浪漫的情感。

当时，想要得到一张照片，需要等待摆造型、按下快门和进行冲洗的过程——而等待的时光又留下了另一种美好。这种忍耐的时光和我经历的社会生活也很相似。

现在我用心度过的所有时光，都会成为记忆中被原封不动保留下来的美好吧。

想要得到一张照片，需要等待摆造型、按下快门和进行冲洗的过程——而等待的时光又留下了另一种美好。

把一身的油腻甩在路上

突然间增多的肉,在时光流逝中没有要离开的意思,身体的反应似乎也变得有些迟缓。我晚饭吃得很少,也尝试了跑步、走路,结果不过是减掉了一千克左右的体重。然而,稍不留神,体重很快又会增加两三千克。照片中的我,脸越来越圆,全身照也让我不想承认那就是我自己。

随着时间的流逝,不仅年龄会逐渐增大,基础代谢量也会下降,体内充满了毒素。各种聚餐和聚会上摆满了放有各种调味品的食物,总是让我食欲大振。充满了碳水化合物和肉的盛宴不就是我生活的支柱吗?当我的情绪坠入

排解身心的毒素，最好的办法是旅行，观赏自然，移动躯体，净化躯体。

低谷的时候，总是把目光投向肉食。在那些对所有的食材表示"敬意"的日子里，我也付出了惨痛的代价。

减肥的首要条件是排毒，给身体提供足够的氧气，让血液保持畅通。要想做到这一点，就要远离那些让我尊敬的食物。炸猪排、炸鸡、炒年糕、糖醋肉、炸酱面，我必须和它们保持距离，然后有选择地进食。我不应该以压力为由，将食物作为逃避的港湾。吃太多食物就会肚胀，在体内有胀气的情况下进食，本身就会消耗很多能量。

身体、内心都需要排毒。身即是心，心即是身。当我的身体迅速崩溃的时候，内心也更容易崩溃。即便是面临同样的情况，内心也会非常敏感和烦躁。当人们身心怀有憎恶、嫉妒、绝望、愤怒等毒素时，就会像铜锅被架在熊熊燃烧的火焰上一样，吐出忽冷忽热、充满毒素的言语，对别人造成伤害。

为了排解身心的毒素，最好的方法是什么呢？是旅行，观赏自然，移动躯体，净化躯体。我想从压力造成的毒素中解脱出来，结果却积压了更多的毒素。

为了实现净化，我准备请年假了。但是，当我看到神经病J理事的瞬间，不知为何非常想吃炒年糕。

人生最闪耀的时刻还没有到来

我的身高不到160cm。

衣服尺寸是66码[12],算是偏胖。

而且还是大龄单身女青年。

一般来说,在我这个年龄如果不结婚,大部分人会误认为我做着某种专业性很强的工作或者是个女强人。但我并不是这样,我只是一个处在并不安稳的雇用关系中,每天早晨都在和懒觉作斗争的普通上班族。

---

[12]66码:韩国的66码大约相当于我们常说的M号。——译者注

我尝试尽量客观地罗列出自己的情况，但是决不能因此气馁。与其在他人的目光下贬低自己，还不如努力改善自己目前的状况。

即使是在比这还要艰难的情况下，人们也会延续自己伟大的人生。和他们相比，我已经拥有很多了。

"人生最闪耀的时刻还没有到来。"我念起了咒语。

我拥有了力量

在阅读和写作的过程中，我得到了成长。

在阅读和写作的过程中，我也逐渐得到了恢复。我每天用短文倾诉自己的日常，分享自己的读书心得，慢慢熟悉了这个过程。

在人生这场马拉松长跑中，想取得胜利并没有完美的方法，也没有从困难中脱身的办法，甚至还会因为得不到别人的理解而苦恼。

但是，现在我拥有了力量。

虽然运动、旅行、享受美食等都具有治愈性，但最根本的治愈方式是阅读和写作。我一边消化着别人的文章，一边成长。我品味着自己的文章，在内心深蓝的大海里遨游。

阅读自己感兴趣的书也好，阅读别人推荐的书目也好，都是非常愉快的时光。书评和讨论让我变得锐意进取，这些时光也带给了我力量。虽然我只读了一本书，却感到非常充实，我觉得自己似乎变得有些学问了，对自己也更加满意了。

我感到了一种难以捉摸的坚硬。原本谨慎、平和的日常随笔，在不知不觉间变得既流畅又大胆。经历了这些日子，我也发生了改变。这一切对我来说都是奇迹。

现在我拥有了力量

结语

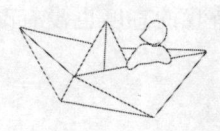

我的梦想是辞职

我现在还没有从公司离职,但是通过丰富的经历和机会,我变得更加强大。面对不得不接受的苦难,我努力使自己看起来像一只孤高的鹤。面对糟糕的境遇,最重要的是内心要有力量。

生活不被操纵,成了我人生的座右铭。或许心理学上的强自尊、自我效能感增强可以描述我的状态。

我的身体依然停留在之前的办公室,工资存折上的金额也没有太大的变化。人们对待我的态度也没有改变,但是我已经变得有所不同。

公司和我之间,是因为双方的需求而建立的关系。温室能挡风遮雨,提供所需的阳光和肥料,是值得感谢的。但我们也知道如果利害关系错位,随时都可以说再见。

无论是否辞职,我都不会后悔自己的选择。无论别人怎么说,我都相信自己做的是最好的选择,是正确的。重要的是不要改变自己的原则。

我的梦想是辞职。

我不知道是今天还是明天,还是几年之后。如果说我一点儿都不害怕那一天的到来,肯定是在说谎,但我现在已经做好了昂首阔步走出去的准备。虽然我对未来感到茫然和恐惧,但这也有可能算不上是什么了不起的事情。

今天,上班族仍然从公交车、地铁以及拥堵的汽车里走向工作岗位,虽然踏实地过着平凡的日子,但是对于伟大的我和你们来说,希望这本书能够提供一点安慰和共鸣。

我真心为大家鼓掌加油。

附录

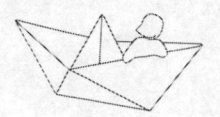

辞职日历

想从公司离职的那一瞬间,我并没有感到很悲惨。
确定自己的价值,
让其发光的是心态。

即使是很小的承诺,
只要能够实现,
就会拥有对自己的人生负责的能力和勇气。

辞职计划日历	星期一	星期二	星期三	星期四	星期五	星期六	星期日
本周目标 D-Weeks	D-days 月 日	D-days 月 日	D-days 月 日	D-days 月 日	D-days 月 日	D-days 月 日	D-days 月 日
本周目标 D-Weeks	D-days 月 日	D-days 月 日	D-days 月 日	D-days 月 日	D-days 月 日	D-days 月 日	D-days 月 日
本周目标 D-Weeks	D-days 月 日	D-days 月 日	D-days 月 日	D-days 月 日	D-days 月 日	D-days 月 日	D-days 月 日
本周目标 D-Weeks	D-days 月 日	D-days 月 日	D-days 月 日	D-days 月 日	D-days 月 日	D-days 月 日	D-days 月 日
本周目标 D-Weeks	D-days 月 日	D-days 月 日	D-days 月 日	D-days 月 日	D-days 月 日	D-days 月 日	D-days 月 日

要通过学习和实践，扩展自己的思考范围。
在这个过程中，有的内容会自动得到整理，
有些内容会消失。
我们就这样走向新的阶段。

人生十分宝贵。
并不是坚强的人能够克服人生的苦难，
而是想克服它的人最终都能够获胜。

辞职计划 日历	星期一	星期二	星期三	星期四	星期五	星期六	星期日
本周目标 D- Weeks	D- days 月 日	D- days 月 日	D- days 月 日	D- days 月 日	D- days 月 日	D- days 月 日	D- days 月 日
本周目标 D- Weeks	D- days 月 日	D- days 月 日	D- days 月 日	D- days 月 日	D- days 月 日	D- days 月 日	D- days 月 日
本周目标 D- Weeks	D- days 月 日	D- days 月 日	D- days 月 日	D- days 月 日	D- days 月 日	D- days 月 日	D- days 月 日
本周目标 D- Weeks	D- days 月 日	D- days 月 日	D- days 月 日	D- days 月 日	D- days 月 日	D- days 月 日	D- days 月 日
本周目标 D- Weeks	D- days 月 日	D- days 月 日	D- days 月 日	D- days 月 日	D- days 月 日	D- days 月 日	D- days 月 日

死亡也不是一件轻松的事情。
明白了这些,我变得谦逊。

即便浓密的乌云和狂烈的暴风雨压来,
也不要动摇。
再往上一点点,
就会发现比任何地方都耀眼的太阳。

辞职计划日历	星期一	星期二	星期三	星期四	星期五	星期六	星期日
本周目标 D-Weeks	D-days 月日	D-days 月日	D-days 月日	D-days 月日	D-days 月日	D-days 月日	D-days 月日
本周目标 D-Weeks	D-days 月日	D-days 月日	D-days 月日	D-days 月日	D-days 月日	D-days 月日	D-days 月日
本周目标 D-Weeks	D-days 月日	D-days 月日	D-days 月日	D-days 月日	D-days 月日	D-days 月日	D-days 月日
本周目标 D-Weeks	D-days 月日	D-days 月日	D-days 月日	D-days 月日	D-days 月日	D-days 月日	D-days 月日
本周目标 D-Weeks	D-days 月日	D-days 月日	D-days 月日	D-days 月日	D-days 月日	D-days 月日	D-days 月日

我要不断地寻找自己喜欢的东西。
要有意识地深入思考,
并逐渐了解自己。

人生也是如此。在被认为是绝境的地方,
可能会出现新的通道。
虽然很累很害怕,
但爬上去就能看到新的道路。

辞职计划日历	星期一	星期二	星期三	星期四	星期五	星期六	星期日
本周目标 D- Weeks	D- days 月 日	D- days 月 日	D- days 月 日	D- days 月 日	D- days 月 日	D- days 月 日	D- days 月 日
本周目标 D- Weeks	D- days 月 日	D- days 月 日	D- days 月 日	D- days 月 日	D- days 月 日	D- days 月 日	D- days 月 日
本周目标 D- Weeks	D- days 月 日	D- days 月 日	D- days 月 日	D- days 月 日	D- days 月 日	D- days 月 日	D- days 月 日
本周目标 D- Weeks	D- days 月 日	D- days 月 日	D- days 月 日	D- days 月 日	D- days 月 日	D- days 月 日	D- days 月 日
本周目标 D- Weeks	D- days 月 日	D- days 月 日	D- days 月 日	D- days 月 日	D- days 月 日	D- days 月 日	D- days 月 日

写作于我而言，十分重要。

它让我变得坚强、温柔，比昨天更优秀。

需要练习迷路。

即使迷路了也不要太灰心，

因为可以看到新的道路。

辞职计划日历	星期一	星期二	星期三	星期四	星期五	星期六	星期日
本周目标 D- Weeks	D- days 月 日	D- days 月 日	D- days 月 日	D- days 月 日	D- days 月 日	D- days 月 日	D- days 月 日
本周目标 D- Weeks	D- days 月 日	D- days 月 日	D- days 月 日	D- days 月 日	D- days 月 日	D- days 月 日	D- days 月 日
本周目标 D- Weeks	D- days 月 日	D- days 月 日	D- days 月 日	D- days 月 日	D- days 月 日	D- days 月 日	D- days 月 日
本周目标 D- Weeks	D- days 月 日	D- days 月 日	D- days 月 日	D- days 月 日	D- days 月 日	D- days 月 日	D- days 月 日
本周目标 D- Weeks	D- days 月 日	D- days 月 日	D- days 月 日	D- days 月 日	D- days 月 日	D- days 月 日	D- days 月 日

身心都需要解读。
身就是心，心就是身。

无论是否辞职，对所有选择都不懊恼和后悔。
无论别人怎么说，
我都相信自己做了最好的选择。
重要的是不要动摇自己的信念。

辞职计划日历	星期一	星期二	星期三	星期四	星期五	星期六	星期日
本周目标 D-Weeks	D-days 月日	D-days 月日	D-days 月日	D-days 月日	D-days 月日	D-days 月日	D-days 月日
本周目标 D-Weeks	D-days 月日	D-days 月日	D-days 月日	D-days 月日	D-days 月日	D-days 月日	D-days 月日
本周目标 D-Weeks	D-days 月日	D-days 月日	D-days 月日	D-days 月日	D-days 月日	D-days 月日	D-days 月日
本周目标 D-Weeks	D-days 月日	D-days 月日	D-days 月日	D-days 月日	D-days 月日	D-days 月日	D-days 月日
本周目标 D-Weeks	D-days 月日	D-days 月日	D-days 月日	D-days 月日	D-days 月日	D-days 月日	D-days 月日

给梦想辞职的我的一封信